奇賓鬼劇場
Charles Keeping's
Book of Classic Ghost Stories

坎特維爾幽靈

查爾斯・奇賓
Charles Keeping
繪圖｜編選

〈推薦導讀〉

插畫大師的異想世界

蔡明燁

二〇〇三年間，國內的遠流出版公司引進了英國童書插畫家查爾斯·奇賓（Charles Keeping）的三部作品《約瑟夫的院子》（*Joseph's Yard*）、《天堂島》（*Adam and Paradise Island*），以及《窗外》（*Through the Window*）。由於畫風奇詭，引起國內童書界相當的矚目。

奇賓在一九二四年出生於南倫敦的藍巴斯路（Lambeth Walk），這是著名的音樂劇《我和甜心》（*Me and My Girl*）裏一再唱及的街名，距離碼頭和市場都很近，車來人往，好不熱鬧！奇賓的父親是職業拳擊手，根據奇賓自己的說法，他的大家庭是「舒適的勞工階級」，雖然周遭貧病充斥，但他們一家並不窮困，他和姊姊從小就被鼓勵從事具有創造性的娛樂活動，例如唱歌、背書、談話、講故事……等。他的祖父母都非常喜歡講故事，尤其他的祖父是商船船員，所講的故事格外令他神往。

奇賓從小就愛觀察附近鄰里的活動，同時他的觀察力顯然也十分敏銳。雖然大人們平時並不准他在街上亂跑，他卻經常看著窗外的人潮，幫他們編織故事，他尤其喜歡看著馬車穿過裨連的圍地，或者經過一道道灰黑的磚牆。他很小的時候就開始試著把這些情景畫下來，也特別喜歡繪畫，因為他覺得，「當你畫出一樣東西時，你便擁有了那樣東西，沒有人可以將它奪走！」於是我們從這裏似乎也可以想見，在國內已有翻譯本上市的《窗外》，以及奇賓的第一本圖畫書《史恩與馬》（*Shaun and the Cart-Horse*），極可能都是作家兒時生活的再現，透過畫筆反映出他眼中和腦海裏所見到的童年世界。不過也正因奇賓從小就把所有時間都消磨在作畫上頭，他學校裏的其他功課簡直樣樣不行。

九歲那年是奇賓生命的第一個轉捩點，他的姑丈、父親和祖父相繼意外去世，死亡的威脅霎時間籠罩了他幼小的心靈，對他日後的畫風無疑具有深遠的影響，此外家裏的經濟情況當然也因此而受到很大的打擊，使奇賓在十四歲那年不得不輟學成為印刷學徒。奇賓坦承，打從進入印刷廠的第一刻起，他就知道自己不可能一輩子幹印刷這一行，不過弔詭的是，成年後的奇賓卻深深浸淫在以平版印刷作畫的藝術裏，他的無數畫作也都呈現出在平版畫方面的精湛技巧，換句話說，無論是否出於自願，印刷學徒的訓練儼然已成為他創作生涯不可分割的一環。

二次大戰期間，奇賓加入了英國皇家海軍，面臨他人生的第二個轉捩點，因為他發生了一場嚴重的意外，頭部左眼上方遭受重創，幸而未曾喪命，但在他等待救護車抵達之前，他驚愕地發現每個人都故意避開自己的視線。而到了醫院以後，他從鏡中看到了一張腫脹、扭曲的面容，連自己看了都恐懼不已！於是往後在他的作品中，也一再重現這種畸形的震撼和恐怖的容顏，難怪國內藝術工作者宋珮認為：「（奇賓的）插畫……好像五線譜上的音符，可以有無窮的組合方式，營造出故事中驚悚、詭異的氣氛。更令人驚訝的是，他所刻畫的一張張臉孔，顯示出他對人、對人性有著異常的洞察力。」在我看來，這似乎證明了奇賓臉部受傷變形的經驗，已在不知不覺中成為他永難抹滅的夢魘。

外表的傷勢痊癒之後，奇賓被送回皇家海軍服役，但他內心的創痕卻使他罹患了長期的憂鬱症。戰爭結束以後，經過了和官僚體系相當的奮鬥，奇賓終於爭取到回學校專攻藝術的機會，不過在就讀藝術學院的期間，他的憂鬱症也每況愈下，因為他從前所熟悉的倫敦街道已變得滿目瘡痍，同時為了半工半讀，他找到一份幫人收房租的差事，從而目睹了更多不幸的家庭和貧病交迫的生活困境。日本作家川端康成曾說：「藝術是苦悶的象徵。」這對奇賓來說毋寧頗為貼切，兒時的記憶和成長的歷練固然提供他創作靈感的重要泉源，但他的繪畫也因此充滿了憂鬱、陰霾、詭譎、乃至變化多端的性格，或許正是奇賓精神境界的表徵吧？

這段時期的奇賓自認具有一種暴力傾向，後來並因此接受了六個月的心理治療，因為在藝術學院裏，奇賓認識了一位同樣以繪畫為職志的女孩芮奈（Renate），兩人很快論及婚嫁，但奇賓擔心自己的躁鬱情結可能會傷害芮奈，遲遲不敢步上結婚之路。傳記家馬丁（Douglas Martin）在《查爾斯．奇賓：插畫家的一生》（*Charles Keeping: An Illustrator's Life*）書中，曾記載了與芮奈的一次訪談，她說：

>「（奇賓）很早就警告我，說他的精神不正常，後來也坦白說他雖然很想娶我，卻不能娶我，因為他很可能會殺了我！不過那時的我畢竟年輕、天真無邪，而且深深墜入情網，我相信我能使他康復，幫助他對自己的理智恢復自信。
>
>（奇賓）其實相當幸運，因為他能透過繪畫表達自己的情緒。他早期的插圖，不僅題材本身經常非常暴力，連畫筆的實際線條也是如此；但他後來無論在線條上或性情上，都變得越來越細緻。
>
>大部分的圖書館員都非常欣賞（奇賓的）作品，偶爾也會邀請他去做演講。他們那時多半都以為居時出現的將是一個深沉、陰鷙、暴躁的畫家，可想不到所遇見的竟是那麼樣一個迷人、和善、幽默的人而喜出望外！」

由此看來，如果說愛情的滋潤是奇賓一生的第三個轉捩點，應當並不為過。奇賓後來於一九五二年與芮奈締結連理，同年於藝術學院畢業，他們的第一個兒子強納森（Jonathan）則於一九五三年呱呱墮地。

為了養家活口，奇賓取得藝術文憑後的第一份工作，是在報社和廣告公司擔任卡通插畫家，他承認這份工作使他學會「如何設計，以及如何吸引讀者的注意力」，因此宋珮在分析奇賓的畫風時，曾表示為他「精心的整體設計，（以及）運用線條的技巧深深折服」。不過，奇賓卻覺得商業藝術令他產生了「出賣靈魂」的困擾，於是從一九五六年起，他便放棄了報社和廣告公司的工作，開始從事有關平版印刷和石版畫方面的講學，並要求他的經紀人代他尋找為書籍插畫的案子，而在幸運之神的眷顧下，機會在第二年即翩然降臨。

牛津大學出版社（Oxford University Press）當時正要推出沙特克里夫（Rosemary Sutcliff）的《銀色樹枝》（*The Silver Branch*），決定讓奇賓放手一試，而這本圖文並茂的作品問世後，摘下不少美國童書獎，因此沙特克里夫隨後的作品亦指定由奇賓插畫，成績斐然。到了一九六〇年代中期，奇賓除了持續講學外，也不斷為各種童書及成人書畫插圖，其中包括許多有關維京人（Vikings）的故事在內。對於這點，在一九八三年的一場演講會上，奇賓曾笑說：「當時的我其實對維京人毫無概念，只好靠自己的想像力來發明。」孰料他的插圖居然大受歡迎，使他變成了英國維京人書刊最炙手可熱的插畫家！怪不得奇賓最後戲謔道：「我畫了無數的維京人插畫，到頭來連自己都變得像個維京人了。」

累積了數年成功的插畫經驗後，奇賓終於開始試著為自己的故事配上插圖。他的第一本圖畫故事《史恩與馬》於一九六六年問世，敘述一個倫敦男孩的父親因為生病，不得不賣掉拉車的老馬，於是史恩想出了一個辦法，請各個街頭小販共襄盛舉，大家湊足了錢，從馬販手裏救回了待宰的瘦馬，然後把牠還給他的朋友。雖然故事有點薄弱，但奇賓充滿活力的畫風卻立刻招來各界評論的熱潮，有些專家甚至擔心小朋友可能會因為圖畫過於醜惡而受到驚嚇！不過在出版社的鼓勵下，奇賓創作不輟，總算在一九六七年以他的第三部圖畫書《查理、夏綠蒂和金絲雀》（*Charley, Charlotte and the Golden Canary*），贏得了英國童書大獎的肯定。這本書敘述兩個好朋友因其中一位搬家而分離，不過當查理的金絲雀逃走之後，卻飛到了夏綠蒂新家的窗台，使兩人再度聚首。簡單的故事溫馨感人，尤其是亮麗的插圖令人愛不忍釋，借用評審委員的話來說：「這是一本『感覺』的書，透過插圖傳達情緒、溝通感情，頁頁生輝！」

說穿了，其實我以為奇賓正是一個「感覺」的創作者，而且他畫得比寫得更好，因此他自己創作的圖畫故事都是言簡意賅，以畫面為故事的主體，有時更企圖完全避免文字，僅藉圖畫來傳達心思，譬如描摹火車旅程的《城市之間》（*Inter-City*），便是最好的例證。

直到一九八八年謝世之前，奇賓一生自寫自繪了二十多部兒童圖畫書，也曾為超過兩百部以上的作品畫過插圖，題材包羅萬象，從神話故事、妖魔鬼怪、古典作品到詩歌等應有盡有。他獨樹一幟的繪畫風格，隨著生命歷程和精神境界的蛻變而一再自我突破，同時他對倫敦低下階層生活的關懷，也使他的作品飽含人性的肌理，雖然終其

〈推薦導讀〉

鬼話連篇伴我眠

劉森堯

這本短篇鬼故事集，又再度引發我對鬼故事的迷思，所謂迷思的意思指的就是：第一，我自己是個百分之百唯物主義者，決不肯相信怪力亂神這類無稽事情，但諷刺的是，我自己竟經常成為被鬼怪纏身的對象，似乎越不相信鬼的人，鬼越會找上門來和你糾纏，是否帶有懲罰和修理的意思，不得而知，但我會想辦法澄清這其中並沒有什麼不可思議的地方。第二，越不相信鬼怪，就越愛讀鬼怪故事，特別是我所喜愛的一些作家也寫鬼故事，比如本集子中的史蒂文森和狄更斯，不但文采迷人，故事也寫得精采好看。我小時候很沒膽，卻特別愛聽鬼故事，心裏越害怕越愛聽，直到被嚇到屁滾尿流或昏倒為止，那真是人生中極難得的刺激經驗，成年以後早已建立理性堡壘，再也不肯相信鬼怪現象，但一碰到好看的鬼故事，還是忍不住想看。第三，我一直想努力證明鬼怪現象和精神分裂有關，一個人會經驗靈異現象，比如說看到鬼或被鬼怎麼樣，應該說是他的精神狀況有問題，而不是他看到什麼或莫名其妙被怎麼樣了，因此，我現在在做的事情當中，有一項就是努力在破除和怪力亂神有關的迷信。當然，相不相信鬼怪是一回事，但有興趣去讀鬼故事卻又是另一回事，前者是理性信仰的問題，後者則是文學欣賞的問題，如果鬼故事能寫得像狄更斯和史蒂文森那麼好看，還有像《聊齋誌異》或日本小泉八雲的《怪談》，我們有什麼理由不讀呢？

首先來看史蒂文森的〈盜屍賊〉這篇，不管是題材運用或是敘述手法，或甚至嚇人效果和幽默效果，都堪稱是上乘傑作。讀過《化身博士》（*Dr Jekyll and Mr Hyde*）的朋友都知道，史蒂文森以擅於營造驚悚和懸疑效果聞名於世，並能於此之外又透露對人性本質的的諷刺，其中少不了心理學事實的陳述，至少比佛洛依德和榮格的雙重人格理論早上三十年以上，他幾乎算得上是著名作家中描寫心理學現象的前驅。〈盜屍賊〉這篇作品主要奠立在十九世紀初之際西方的醫學事實上面，當時英國愛丁堡大學的醫學院算得上是全歐洲數一數二的醫學重鎮，特別以解剖學最為有名。我們知道，西方在文藝復興運動之前，在教會嚴格控制下，解剖人體是絕對禁止的，直到十五世紀末期，這項禁令才逐漸解除，解剖人體才成為可能。達文西毫無疑問是現代解剖學的真正先驅，為了精確畫出人體，他一輩子至少解剖過三十具以上的屍體，但解剖學必須等到十九世紀才真正突飛猛進，這時問題來了，要去那裏找到那麼多屍體來供應醫學院的解剖教學之用呢？一般解剖學教授在學校授意下，都願意出高價收購狀況良好的死屍，但這種屍體經常很難以合法管道取得，一些不法之徒很快就發現盜取新墳，以此出售屍體有暴利可圖，一時之間，盜屍竟成為一門炙手可熱的行業，〈盜屍賊〉即是以此為背景描寫因盜屍所引發出來的令人讀來毛骨悚然的鬼故事。

我在此面臨了一個區辨事實和夢魘的嚴酷挑戰，亦即要如何去看待史蒂文森這篇所描寫的鬼故事問題，無可否認，這篇東西令人讀來愛不釋手，讀完之後忍不住又要回頭再讀一遍，就像讀亨利·詹姆斯的《碧盧冤孽》（*The Turn of the Screw*）或《雨月物語》和《怪談》裏的〈黑髮〉那一段，忍不住會投入某種因驚嚇而得來的快感反應。我們知道，史蒂文森的《化身博士》乃是奠立在他自己一樁夢魘經驗之上的一篇精采傑作，我們有理由相信〈盜屍賊〉恐怕也是如此。我個人有過一次類似的經驗，不妨說出來給各位讀者做參考，順便稍稍嚇你們大家一下，不過事先聲明，那次經驗與墳場有關，但與盜屍無關，不過恐怖的程度卻有過之而無不及。話說一九九三年初，我當時來到淡江大學英語系任教已有半年之久，急於找到棲身之處，第二學期開學之際，有同事好心介紹我到登輝大道旁一條小路進去一處新建住宅租賃，我當天晚上下了課之後，迫不及待就驅車前往探看。我從登輝大道彎進小路之後，還走了很長一段曲折蜿蜒的路才抵達，地方看來極偏僻，因為是晚上，四周圍景觀不知如何，但房子可能是新蓋好，看來倒十分宜人，當下就決定租下來，等第二天到學校，碰到另一位同事，提起租屋事情，他大吃一驚，曰：汝不知該處乃日據時代刑場耶？旁側亦為墳地也。

程路上屍體竟變成一位近日被他們殺害的朋友且已被解剖的屍體時，當場嚇昏，故事至此戛然而止，這樣寫法充滿驚悚效果，且餘味無窮。但從心理學的潛意識角度看，這兩個人所看到的恐怕不是鬼，而是幻覺。一個心神渙散或有精神分裂的人，會把眼中所看到的幻象誤認成是鬼魂，這顯然是順理成章的事情，相對於我上述被鬼纏身的經驗，可說是異曲同工。我把上述遇鬼事件解釋為是一場與白天耳聞的刑場和墳場傳聞有關所引起的夢魘，至於事後引發的脖子病痛，則純粹是巧合（嚴重落枕所引起），請問鬼在哪裏？幾年前，有一次我在電視上看到一個訪問節目，受訪者是一位在殯儀館專為死人化妝和換衣服的男士朋友，他已工作二十年以上，問及有否碰到過甚麼靈異經驗沒有，他的回答令人大失所望，他甚麼都沒碰過。從電視上看去，這位朋友看起來很恬然自得，他最後說，只知道人死了以後化為烏有，哪有什麼鬼怪？更體會到，人生沒什麼，一場庸碌而已，好好活著才是唯一正途，多麼偉大的啟發呀！

我在前面提過，相不相信鬼是一回事，有沒有興趣去讀好看或甚至有文學氣質的鬼故事則是另一回事，即使不相信鬼，並無損於我們讀精采鬼故事所帶來的極大樂趣，本書編者在序言裏一開始說得很明白：寫得精采的鬼故事人人愛讀。誠然，像本書中所收集狄更斯的〈信號手〉就很吸引人，這樣的鬼故事在大師手中寫來很別具一格，很像是一篇有關靈異現象的極精緻小品。狄更斯中年時期曾有一次搭火車出過大車禍，差點為此喪生，想必這次意外事件讓他始終耿耿於懷，意識到人生中諸多不可理喻的巧合現象所帶來的必然下場，是否冥冥之中有一種無法解釋的力量在左右我們無可逃脫的命運，這股無法解釋的力量也許就是相信鬼的人所說的靈異現象吧，這令我們聯想史蒂芬·金的《鬼店》（*The Shining*）一書中所描寫的帶有預兆性的詭異情節，全都奔向悲劇下場。

愛倫坡的〈黑貓〉是一篇名作，卻反而是我個人不那麼偏愛的一篇，但故事中主角殺妻之後將屍體埋於牆壁之間，後由所飼養黑貓加以揭發，則是很別出心裁的充滿創意的寫法，那是一種高度想像力的發揮。愛倫坡筆下人物常屬病態或精神失常之輩，因此在他們身上會屢屢發生鬼怪事件，想必是自然而然的事情了。〈護航艦〉也是一篇充滿想像力的作品，把鬼故事從第二次世界大戰期間英德對峙拉回到拿破崙戰爭期間英法對峙的海戰歷史現場，寫法很接近《怪談》中的〈無耳芳一〉那一段，驚悚恐怖中帶有一點點的詼諧，然後邁向皆大歡喜的圓滿結局，從另一角度看，又有些類似《聊齋誌異》中的鬼狐故事，讀來頗有如南柯一夢的感覺。〈日耳曼學生奇遇記〉和〈掃地的人影〉讀來也是感覺屬於《聊齋誌異》範疇的鬼故事，多少帶有道德教訓的意味。至於王爾德的〈坎特維爾幽靈〉幾乎不像鬼故事，雖然故事中到處鬼影幢幢，如同王爾德的其他故事，倒像是一篇充滿戲謔的遊戲文章，是另一種別出心裁的鬼故事寫法，作者企圖提供給我們的不是驚悚和恐怖，而是戲謔和玩耍。

最後，我要建議讀者的是，讀鬼故事最好選在夜深人靜的孤獨時刻，並且是躺在床上，然後試著想像故事中具體情景，比如〈盜屍賊〉中的墳地，還有裹在袋子裏的死屍，那麼，那種刺激就很耐人尋味了，而且，坦白講，也充滿了極大的樂趣。

（本文作者為文化評論者）

序

寫得精采的鬼故事人人愛讀——我自不例外。世上的鬼故事真的很多，雖然許多佈局都很巧妙，讀起來也陰森恐怖，但文筆則每每尚有可期者。

在為這一選集挑作品時，我排在第一的條件，就是故事寫就的文筆要特別出色，最後我挑出來的八篇故事，全都是出自古典名家的手筆。而選定這八篇唯一的麻煩，就是這八位名家有多人筆下的精采鬼故事不止一篇。

這一鬼故事選集裏的作家，我最喜歡的一位是詹姆斯。我想過要把〈笛聲響了！孩子我過去啦！〉（*Oh, Whistle, and I'll Come to You, My Lad*）或是〈湯瑪士院長的寶物〉（*The, Treasure, of Abbot Thomas*）放進來，但這兩篇我以前都畫過了，所以，我選定另一篇〈哭井〉（*Wailing Well*）——一件小小奇珍。布瑞治寫的《掃地的人影》（*The Sweeper*），我覺得也是和詹姆士作品同一路的經典。《盜屍賊》（*The Body Snatchers*）放進來，則是要當作史蒂文森（*Stevenson*）筆下靈異小故事的佳作範例。我另也考慮過要選《墮落的珍妮》〈*Thrawn Janet*〉，但由於是用方言寫的，我覺得許多讀者讀起來可能會有困難。

狄更斯（Charles Dickens）就給我帶來難題了。過去八年，我幾乎畫遍了這一位大作家的作品，覺得已經無「畫」可說，但卻又看到了他這一篇精采的〈信號手〉（*The Signalman*）。艾德格・愛倫坡（Edgar Allan Poe）帶給我的難題則是另一種。既然是恐怖大師，他就不容放過，但他寫的多半是恐怖故事而非鬼故事。不過，由於我覺得〈黑貓〉（*Black Cat*）這一篇除了恐怖也有鬼氣，放進來應該也可以。

奧斯卡・王爾德（Oscar Wilde）寫的〈坎特維爾幽靈〉（*The Canterville Ghost*），為這一本選集添加了不少幽默，〈日耳曼學生奇遇記〉（*The Adventures of the German Student*），添加的則是陰森的狐媚魔力。

最後，我喜歡莫里哀（Daphne du Maurier）的〈護航艦〉（*Escort*），我想就純屬個人興趣了。我母親那一邊的家族有很多代都是朴資茅斯（Portsmouth）的跑船人，我自己在戰時也當過海軍。除了這一點，這故事本身也寫得精采、迷人。

洛夫克萊夫特（H. P. Lovecraft）、威爾斯（H. G. Wells）、卡夫卡（Franz Kafka）、柯南・道爾（Arthur Conan Doyle）、史特貞（Theodore Sturgeon）等人的作品，沒辦法放進來很可惜，這幾位都是頂尖的靈異作家。不過，也希望這一本選集可以引領各位進一步去探索他們的作品。衷心期盼。

查爾斯・奇賓

坎特維爾幽靈

目錄

The Body Snatchers

盜屍賊 1

羅伯・路易・史蒂文森

Robert Louis Stevenson

1

羅伯・路易・史蒂文森 Robert Louis Stevenson

一八五〇年生於愛丁堡。父親和祖父的職業都是蓋燈塔的，因此全家上下也都希望他長大後當工程師。不過，他的健康不佳（罹患肺結核），以致工程師這一行就變得不太適合了。

史蒂文森在愛丁堡大學攻讀法律，只是畢生從未執業。他十五歲時出版了第一篇小書，不出一年便投稿《寇恩希爾》等雜誌。由於健康不佳，於轉赴海外養病時開始撰寫長篇作品。他在赴加州旅遊時，結識美籍婦女芬妮・奧斯彭（Fanny Osborne），兩人旋即結縭。芬妮當時已有一名幼子羅伊德（Lloyd），《金銀島》（*Treasured Island*）就是為這孩子寫的故事。

一八八八年，史蒂文森搭船往南太平洋，後來選定薩摩亞群島（Samoa）定居。當地的風土有利於他的健康，他乃得以繼續寫作。一八九四年逝世，葬於瓦耶埃山（Mount Vaea）。

史蒂文森最有名的作品有《綁架》（*Kidnapped*）、《黑箭》（*The Black Arrow*）、《兒童詩園》（*A Child's Garden of Verses*）、《赫密斯頓的韋爾》（*Weir of Hermiston*）、《化身博士》（*Dr. Jekyll and Mr. Hyde*）。

費茨年輕時在愛丁堡的學校讀醫。他有一項特殊秉賦，凡事一聽就懂，而且可以立即再行覆述，一字不差。他在家裏不是很用功，但在老師面前一定表現得有禮、專心、聰穎。他那些老師也很快相中他，覺得他這年輕人聽講專心、記憶力好。不對，我一開始聽到的其實還比較奇怪，說是他那時候長得還算英俊、討巧呢。那時候，有一個外校的解剖學老師，我在這裏姑且叫他K老師[2]好了。他的名字後來實在太出名。掛著這名號的人戴著假面具潛行愛丁堡的市街無人得識，卻見鼓譟處決勃克[3]大聲叫好的群眾四處叫囂，要雇他行凶的人血債血還。只不過，這位K先生那時鋒頭正健，

註1：盜屍賊——十九世界初葉，解剖學日益興盛，以致對屍體的需求日殷，以便進行醫學之解剖、研究。解剖學教授都願意付高價收購狀況良好的死屍，但狀況良好的死屍很難以合法管道取得。不法集團很快就發現盜取新墳、出售死屍有暴利可得。

註2：K醫生——可能是影射羅伯・諾克斯醫生（Robert Knox, 1791-1861），英籍解剖學家暨民族學者，在愛丁堡大學（Edinburgh University）教授解剖學。以涉入勃克（Burke）和海爾（Hare）兩名盜屍賊的案件而惡名遠播，只是，雖然引起眾怒，他的學生卻都站在他那一邊——甚至獻以金盃，表示尊敬、支持不變。

註3：勃克——指威廉・勃克（William Burke, 1792-1829），和共犯海爾是英國最出名的盜屍賊。犯行不只盜墓，兩人甚至聯手悶死至少十六人，將屍體賣給解剖學教授，這些收購屍體教授最知名者，即為諾克斯醫生。在犯下十六件已知的命案之後，勃克和海爾終於被捕。勃克因海爾改當污點證人指證同夥，而遭判處絞刑。

一來是因為他自己的才幹和講課出眾，二來是因為對手無能，也就是大學裏的教授，以致聲勢鼎盛不衰。最起碼他的學生都站在他那一邊；而費茨本人就覺得：只要贏得這一位顯赫的名人青睞，就等於是打下了成功的根基於不墜；別人其實也是。K先生那人啊——講究生活品味，教學成就斐然；他是喜歡學生準備周詳沒錯，但若狡滑蒙騙得過去他一樣中意。費茨於此二者，既樂於博取他的青睞，也值得他特別青睞；也因此，到了上K先生的課的第二年，費茨就已經當上了班上的第二示教講師；這在那時也叫作小助教。

既然當上這職務，主管演講廳和教室的責任就特別落在他的肩上。場所的整潔和其他學生的行為，都要他負責，上解剖課的教材供應、接收和分發，也一併是他的責任。就是為了這後者——這差事在那時還是相當敏感的——K先生才要他住在解剖室的那一條小巷子裏，後來再搬到同一棟建築裏去。住在那裏，一夜狂歡，就算手還止不住發抖、雙眼尚還迷離，他在寒冬破曉前的濃重夜色裏，每每還要被齷齪的黑市屍體販子給厲聲叫醒。這時，他就必須起來幫他們開門——這些人後來自也臭名遠播。他必須跟他們一起卸下身上慘不忍睹的包裹，付清污穢不潔的款項。來人走後，他還必須孤單和不祥的人身子遺獨處。處理完畢之後，他才可以再回床上補眠一、兩小時，養精蓄銳以迎接下一天的苦勞。

活在到處飄著死亡大旗的地方，沒幾個年輕人對這樣的日子能比他過得還要渾噩。

他把一切平常會有的思慮全都關在外面。他對別人的命運、機遇毫不關心，甘為一己情慾、野心的奴隸。雖說終究是個冷淡、隨便、自私的人，但他多少懂得謹言慎行，也保有些許錯認的道德觀，尚不致於酒醉失態或是做出雞鳴狗盜的醜事。而且，他對師長和同學的好評絕非不屑一顧，因此也絕對不願意有出醜見笑的事公諸於外。所以，他當然以課業出眾的表現為榮，日復一日在他的老闆——也就是K先生——眼底下留下無懈可擊的印象。白天的辛勞，他以夜間的喧鬧、放肆的取樂來作彌補；勞、逸雙方一經平衡，他那叫作良心的東西便也自認絲毫無損。

解剖教材的供應，在他和他的老師始終都是棘手的問題。他們那一班人多又忙，解剖所需的教材老是不夠，以致這件要緊的大事不僅討厭，於相關人等也都有臨深履薄之危。而K先生的大原則就是——和人作生意，絕口不問問題。「一手交貨就一手交錢」，他以前就說過這一句話，還押頭韻，像拉丁文說的——投桃報李（quid pro quo）。不止，他還跟他的幾個助教說過這一句話，「為保心安，不要多問」；這其實就有一點缺德了。這些屍體是否行凶所得，他無由得知。而且，這樣的念頭若真當著他的面一語道破，他還一定悚然而驚；只是，講起這麼嚴重的事他用語卻又隨便，不僅本來就顯失禮，聽在和他打交道的那些人耳裏，更形如慫恿。像費茨就常愛喃喃自語，說送來的屍體怎麼忒新鮮呢。那些破曉前來找他的惡棍看他的眼神鬼祟又討厭，是多次看得他心驚肉跳；但私下裏，他把事情兜攏起來想清楚後，卻又覺得自己可能在老師不經意給的忠告上面，加了太過敗德又太過絕對的意義了。總之，他知道他的責任有三：人家送來什麼就收下來，付錢給人家，若真有罪證擺在眼前，也要別過眼去不看就好。

到了十一月，有一天早上，他這噤聲的大原則遇到了嚴峻的考驗。那一天，他先是因為劇烈的牙痛而整晚無法成眠——不是在房間裏走來走去，像困在籠子裏的野獸，就是頹喪得一頭栽進床上——好不容易，終於陷入不安的昏睡；劇痛一晚的人不每每如此的嗎？卻被約好的訊號給吵醒，而且不知是敲到第三還是第四記了，對方愈敲愈氣。天上一彎細細的皎潔月牙。冷得刺骨，有風，還結霜；小鎮都還沒醒，但有一股莫名的騷動，已然為忙碌、喧囂的白晝奏起了序曲。那兩個盜屍賊比平常要晚到，也好像比平常急著要走。費茨渴睡之至，但還是點燈帶他們上樓。他的睡意正濃，耳裏模糊聽到他們用愛爾蘭腔低聲咕噥；他們從車上悽慘的貨裏拿一包麻袋卸下來時，他正用一邊的肩膀靠在牆上打盹呢。等要付他們錢時，還要猛晃一下腦袋，才伸手摸索找錢。就在他摸索找錢的時候，眼光一落在死者的臉上，就倏地亮了起來。他神色一懍，往前走上兩步，把手上的蠟燭舉高。

「我的天！」他驚呼失聲，「這不是珍・高伯瑞嗎？」

那兩個人一聲不吭，但都朝門口悄悄移步。

「我認得她，我跟你們說真的，」他再說，「她昨天還活得好好的，精神得很。怎麼可能就這樣死了！你們絕不是用什麼正當手段去弄到她的屍體的！」

「不會啦，少爺，您全弄錯啦，」其中一人回答。

但另一雙盯著費茨看的眼睛，眼神就很陰沉，催著要他快快付錢。因而要他看不出這眼神裏面有威脅，或是嫌他把危險看得太重，說來真的很難。因此，這年輕人頓時失去勇氣，囁嚅說了幾個字作藉口，就數一數錢，把他這兩個老大不高興的惡客給送出了門。他們一走，他就趕回頭去證明他是否多疑。從這屍體身上十幾處實證，他知道這屍體正是前一天才剛跟他談笑風生的女孩。他也看出她身上有多處傷痕都有暴力的跡象，大為驚駭，剎時驚惶失措，連忙躲回房間裏去。他在房裏尋思良久，把他的發現好好想過；待他冷靜把K先生的吩咐、還有貿然干預這等大事好好作了一番思考後，雖然驚懼又惶惑，但還是決定等他和直屬上司，也就是課程助理，商量過後再說。

這一位課程助理是一名年輕醫生，叫作伍爾夫・麥法蘭，在年輕氣盛的學生群裏極受愛戴。天賦聰穎，性格放蕩不羈，完全不把禮法放在眼裏。曾經雲遊四海，負笈國外。行事隨和，略有一點急躁。演技精湛，溜冰的技巧高超，打高爾夫也很出色，穿著大膽但合宜；而且，他還有一輛兩輪馬車和一匹矯健的駿馬，為他的光采畫龍點睛。他和費茨頗為親近；沒錯，依兩人的相對關係，兩人的生活沒有交集還真不行。只要解剖用的教材一不夠用，兩人就會駕著麥法蘭的兩輪馬車走遠路，到鄉下一處孤墳褻瀆死人，再趕在破曉前帶著贓物回到解剖室的大門。

而那一天早上，麥法蘭比平常的習慣還早到了一點。費茨聽到他來了，趕到樓梯跟他講了事情的始末，帶他去看害得自己擔憂的起因。麥法蘭檢視女屍身上的傷痕。

「沒錯，」他點頭說道，「是不太對勁。」

「喔，那要怎麼辦？」費茨問他。

「怎麼辦？」他覆述一遍，「什麼你要怎麼辦？我說你閉嘴才是上策。」

「可能會有人認出她來的啊？」費茨不表同意，「她跟城堡岩（Castle Rock）一樣有名。」

「但願不會，」麥法蘭說，「但若真有人認出她來——唔，你不會嘛，對不對？那不就這樣了嘛。你要知道，這樣的事已經很久了，你一攪起爛泥巴準會把K搞得一身腥，你自己也絕對不會好過。所以，換作是我的話，若你要問，我會很想知道，我們兩個若是坐在基督的證人席上會是什麼樣子？或者是該說些什麼鬼話？我這個人嘛，你也知道，有一件事是絕對肯定的——也就是，說實在的，我們這些屍體全都是被人殺害才弄來的。」

「麥法蘭！」費茨大喊。

「少來！」對方從鼻子裏哼了一聲，「我就不信你從沒起過疑心！」

「疑心是一回事——」

「證實是另一回事。沒錯，我知道，這個居然會送到這裏來，我跟你一樣不好受，」說時還用拐杖輕輕點一下屍體。「但退而求其次呢，最好就是不要有誰認出她來；而且，」他冷冷的追加一句，「像我就絕對認不出來。你要認，隨便你。我不跟你說教，但我覺得見過世面的人都會跟我一樣；還有，恕我多嘴，我想，K先生就是要我們這樣子來處理的。這裏的問題是，K先生為什麼會選中我們兩個當他的助理呢？我的回答就是，因為他不想要三姑六婆的人。」

這樣的口氣，在費茨這樣的年輕人身上影響尤大。他乃同意就以麥法蘭的意見為師。這一位可憐女孩的屍體，到時候就由學生作了解剖，而且，沒人說過認識她的話，或有認識她的表情。

一天下午，費茨忙完一天之後，路過一家熱鬧的小酒館，便進去小酌，巧遇麥法蘭也在那裏，正和一名陌生人同桌。那人是個小個子，臉色很蒼白，髮色很深，墨黑的眼珠。依臉部五官的稜角，看來應該頗有才智、品味，舉止卻不太襯得上，因為，多認識他一點，就會發現這人粗俗、鄙陋、愚蠢。不過，他對麥法蘭卻是頤指氣使，發號施令活像土耳其總督，稍作辯解或有遲疑，馬上大發雷霆，就算麥法蘭已經奴顏卑膝、百依百順，也還是會挨他疾言厲色損上幾句。但這樣一個討厭鬼居然對費茨一見傾心，不停替他叫酒，一杯又一杯，還特別給他面子，破例跟他吐露當年勇的事蹟。但若他的夫子自道有十分之一是真的話，那他還真是個罪大惡極的地痞流氓；只是，道行這麼高深的一個人，居然會把他放在眼裏，還著實搔到了這年輕人虛榮心的癢處。

「我自己就不是個好人啦，」那陌生人說，「但麥法蘭啊才真是得我真傳——我叫他陶弟・麥法蘭。陶弟，再給你朋友叫一杯酒來。」要不然就是，「陶弟，你去關門！」「陶弟討厭死我了，」他又說，「沒錯，就是這樣，陶弟，你是真討厭死我了！」

「你少用那名字叫我，真討厭！」麥法蘭咆哮頂嘴。

「你聽聽！你見過這小子玩刀沒有？他啊，恨不得用他那手上的功夫把我千刀萬剮，」陌生人評點了一句。

「我們讀醫的人啊，有比這更行的，」費茨說，「我們不喜歡的人死了，就拿他來解剖。」

麥法蘭倏地抬眼看過來，彷彿這一句玩笑話說中了他的心事。

那一天下午就這樣混了過去。葛雷——就是那陌生人——還邀費茨和他一起共進晚餐，點的菜色，豐盛得小酒館都起了一陣騷動。等全都下肚了後，他還下令要麥法蘭埋單。他們分手時，時間已經很晚；葛雷那人醉得一塌糊塗。麥法蘭倒是氣得一路始終都很清醒，不住在心裏反芻他被逼著扔進水裏的錢和他被逼著吞下肚去的輕蔑。費茨帶著滿腦子混雜的酒氣嗡嗡亂響，回到住處時步履蹣跚，腦中一片空白。第二天，麥法蘭沒來上課，費茨竊喜，想他應該還在當那狗也嫌的葛雷的跟班，伺候他從這一家小酒館喝到另一家。自由鐘一敲，他就一家走過一家，要找到他昨晚的那兩個酒伴。只不過，這兩位他卻哪兒也找不著，只好早早回去上床酣睡入夢。

凌晨四點，他被熟悉的訊號吵醒。他下樓去開門，赫然驚見門外是麥法蘭駕著他的兩輪馬車，車上還放著一具他十分熟悉的長形恐怖麻袋。

「啊？」他大聲問道，「你自己一人出去啊？怎麼會？」

麥法蘭粗魯的伸手一比，要他閉嘴，還吩咐他快一點動手。他們把屍體搬上樓、放上解剖檯後，麥法蘭才作勢要走，卻忽又停下腳步，躊躇了一下才說，「你還是看看那人的臉吧，」口氣不太自然，「你還是看看好了，」他再說一遍，因為費茨呆呆看著他，滿臉驚訝。

「啊，你是從哪裏弄來的？怎麼弄來的？什麼時候弄到的？」另一人大聲問道。

「你看他的臉就好嘛，」只有這一句回答。

費茨踉蹌一下，滿腹狐疑，覺得對方真怪，眼神從眼前的年輕醫生轉向屍體，再從屍體轉回年輕醫生的臉上。最後，他突然一個箭步向前，照年輕醫生的吩咐去做。對於入目所見，他原本心裏就有一點底的，但真看到了，那驚駭還是十分生猛。眼前這一位渾身僵硬、赤裸躺在粗麻布上的死者，和他在小酒館的門檻分手時還一身衣著光鮮、一肚子酒肉罪惡；即使不愛多想如費茨這樣的人，良心也還是勾起了一絲不安。

「明天待汝」（cras tibi）！他心底深處傳來這幾個字的迴響，他認識的人裏面，已經有兩個躺上了這幾具冷冰冰的檯子。不過，這還只是次要的。他最擔心的是伍爾夫那一邊。會出現這麼嚴峻的挑戰，他沒有一點心理準備，如今，他真不知該如何再去看他這一位難兄難弟的臉。他不敢直視對方的眼睛，也不知道該說什麼，他連聲音也發不出來。

最先有動作的人倒是麥法蘭。他靜靜走到費茨身後，伸出一隻手，搭在對方的肩頭，動作很輕，但很堅定。

「李察遜，」他說，「頭要給李察遜。」

喔，對，李察遜一直急著要拿這一部份的人體器官來解剖。沒有回應；這一位兇手再說，「公事公辦，你要付錢給我才對，你的帳簿，你也知道，帳目要算清楚才行。」

這時，費茨聽到有聲音在發話，像是他自己的七魂六魄在說話：「付你錢！」他大喊，「這樣還要付你錢？」

「對，你當然要付我錢。不管怎樣、也不管你怎麼算，你都要付我錢，」另一人回嘴，「我沒膽子免費奉送，你也沒膽子免費收下，這樣，我們兩個都會沾上腥的。這是跟珍・高伯瑞一樣的狀況。麻煩愈大，就愈是要按照規矩來。那老K把錢收在哪裏？」

「那裏，」費茨啞著嗓子作了回答，指一指擺在角落裏的一具五斗櫃。

「把鑰匙給我，」另一人伸出手來，口氣平靜。

略有遲疑，但事已至此，又能奈何。那一把鑰匙一落入麥法蘭的指間，他就忍不住緊張得抽搐了一下；這很小的一個動作，透露的是他放下了心上一顆絕大的巨石。他打開五斗櫃，從一格抽屜裏拿出筆、墨水匣和一本小簿子，再從抽屜裏抽出一筆合理的金額，作為此次的費用。

「好啦，你看，」他說，「錢付清了——這是你誠信的第一步，也是你自保的第一步。你要即刻就抓住。把這一筆帳在簿子上寫下來吧，之後，你這一邊就有可以對抗惡魔的法寶了。」

接下來那幾秒，費茨在心裏掙扎得好痛苦；不過，眼前有即刻的難題和他的恐懼分庭抗禮，而且，最終是由這即刻的難題成了戰勝的一方。只要當下可以不必和麥法蘭起口角，管它之後有什麼麻煩都不打緊。他把一直拿在手上的蠟燭放下來，在簿子裏寫下日期、事由和交易的金額；執筆的手很穩。

「好啦，」麥法蘭說，「這些阿堵物合該由你收下。我已經夠本了。還有，見過世面的人都懂得碰上好運、口袋裏多了幾先令出來該怎樣才對——我才不好意思提起，但這樣的事還是有規矩要守的。絕對不可以請客，絕對不可以跑去買很貴的課本，絕對不可以急著把舊債還清。別找人借錢，別借錢給人。」

「麥法蘭，」費茨開口說時嗓音還略有一點沙啞，「我已經是捨命陪君子了欸！」

「捨命陪君子？」伍爾夫大喊，「你少來！你啊，這事依我看，怎樣都是你自保的唯一法門。萬一我出了事，你想你會怎樣？有一就有二。有葛雷先生，當然是因為先有高伯瑞小姐。事情起了頭，你是沒辦法說停就停的。一起了頭，就只有一路一直做下去；事情就是這樣。手插魚籃就顧不得腥。一步錯就只有錯到底。」

這一位學生本來已經心生不快，聞言，更覺得有恐怖的黑暗襲來，慘遭命運捉弄的倉皇直竄心底深處。

「我的天！」他大喊，「你說我做了什麼？我哪裏起了頭了？當上課程助理——你說一說，這究竟有什麼不對？賽維斯也要這位子，塞維斯也可能要到位子。換作是他的話，會到我今天這地步嗎？」

「好同學，」麥法蘭說，「你還真是小孩子欸！你有過什麼壞處嗎？你閉嘴又會有什麼壞處？唉呀，老弟，你哪知道人生的事！我們人是可以分成兩大類的——獅子和綿羊。你若要當綿羊，那就會跟葛雷或是珍・高伯瑞一樣躺在這些檯子上，當獅子，就可以跟我一樣，跟K一樣，跟全世界有腦筋、有膽子的人一樣，過得舒舒服服的還有馬車坐。你一開始是有一點畏縮沒錯。但你看看嘛！好同學啊，你人那麼聰明，也有膽子。我喜歡你，K也喜歡你。你天生就是要領軍的人！我跟你說，我以人格和人生經驗跟你擔保，三天後你再看到這些破爛啊，準會像高中生看笑話一樣大笑。」

麥法蘭說完就轉身離開，駕著他的馬車沿小巷揚長而去，趕在天亮前湮滅行蹤。費茨就這樣被扔了下來，一人面對內心的悔恨。他知道這下子他慘了，他蹚的這渾水真是危險！他知道自己一路軟弱，心頭的沮喪無可言喻；他讓步再讓步，到最後，從決定麥法蘭命運的人，變成了收麥法蘭錢的無助幫凶。那時候他就該撒手的，那時候他就該勇敢一點的！但他不知道自己勇敢得起來嗎？珍・高伯瑞屍體的祕密，記事簿裏那一筆要命的金額，真的把他的嘴封得死死的。

幾小時過去，學生魚貫進入教室。倒楣鬼葛雷身上的器官一一分給了學生，接下的人全都默不吭聲。李察遜分到了頭，大樂。等到了自由鐘快要響的時候，費茨興奮得微微發抖，因為他知道他們快要安全過關了。

之後，他連著兩天都在密切注意這一段掩飾的恐怖過程，心頭的喜悅與時俱增。

到了第三天，麥法蘭現身了。他說他生病了。不過，他以加倍賣力指導學生彌補他請假的時間。尤其是李察遜，他還特別多給一些寶貴的協助和指導。這一位學生承蒙示教講師誇讚，大受鼓舞，心頭旋即燃起熊熊野心的怒火，彷彿獎牌已然在握。

那禮拜還沒結束，麥法蘭的預言就已經實現。費茨熬過了恐懼的折磨，把自己的卑鄙扔到了腦後。他開始對自己有此膽識沾沾自喜，也在腦子裏編好了故事，日後回想起來甚至還可以得意一番——只是，這是病態的得意。至於他是「幫凶」，他倒是沒什麼感覺。有課的時候，他們兩人當然會碰面，兩人也要一起聽K先生指示。有些時候，兩個人私底下也會寒暄一兩句。但麥法蘭從頭到尾都特別和氣，特別快活。只不過，兩人共有的祕密他絕口不提的意思也擺得很明顯；連費茨壓低聲音跟他說，自己已決定以當獅子為自身命運的法則，決心扔下綿羊不管，麥法蘭也只是輕歎一聲，微微一笑，不為所動。

後來，終於還是出了狀況，再把這兩個人綁得更緊。K先生又缺解剖的教材了；有這些求知若渴的學生，作老師的責任自然是要保持教材不虞匱乏。這時，正好有人說起格蘭寇斯（Glencorse）的鄉下墓園有人剛下葬。這裏說的那地方，雖經時間淬煉但少有改變。在那時跟現在一樣，還是在一處十字路口邊，遠離人煙，深掩在六株雪松的枝葉之下。附近山丘傳來綿羊的叫聲，兩邊都有小溪流過，一條沖刷碎石水勢喧嘩，一條涓滴潺緩逐塘而過；風勢穿行群山，拂動老栗樹盛開的花朵，每七天才聽得到鐘聲和詩班領唱悠揚的樂音；除此之外，無一聲響打破鄉間教堂幽居的四下寂寂。只是，民俗虔誠禮敬的聖潔氣氛，從來就無法嚇阻「開棺客」4——借當時的諢名一用。做這一行本來就要有本事去鄙夷、褻瀆古墓裏的經卷、號角，去鄙夷、褻瀆作禮拜、來悼念的人群，去鄙夷、褻瀆痛失親人的獻禮和碑文。鄉間鄰里感情的濃度超乎平常，血緣或是同鄉的繫帶把教區裏的人全都緊緊綁在一起，以致這些盜屍客不僅不會對大自然望而生畏，還因為要幹的勾當會因此而更簡單、更安全，反而被勾引了過來。至於本已入土為安的逝者，雖說歡喜期待再度醒來，卻絕不樂見在油燈映照之下，任人以鏟子、鶴嘴鋤相迎，滿懷莫名的驚懼，隨人開棺重回人世。棺木撬開，壽衣撕裂，可憐遺骸就此裹進粗麻布裹，在月黑風高的僻靜小路上轂轆轆顛簸幾個小時，才終於重見天日，赤身露體躺在一群張口結舌的男學生面前，承受最不堪的屈辱。

費茨和麥法蘭就有一點像兩隻兀鷹，急著朝垂死的綿羊俯衝而下，要在那一塊翠綠、靜寂的安息之地，找一塊墓地恣行不法。那是一位農婦的墓，活了六十歲的老婦人，一生無足道也，只知道她做的奶油很棒，言必稱上帝教誨。但她即將在半夜被人從墳裏挖出來，沒有生命，不著寸縷，抬到遠遠的大城。這大城她生前若去，一定要作她上教堂的最好裝扮；她家人墓旁的這一塊墳地，此後就會空空如也，直到地老天荒；至於她無辜而且永遠都該敬重的器官，則會攤在解剖課的學生面前，供他們作最詳盡的翻檢。

有一天，近傍晚，兩人出發了，渾身包在大斗篷裏，懷抱無與倫比的勇氣。雨勢滂沱，沒有緩和的跡象——很冷、很密、像鞭子打下來的傾盆大雨。不時會起陣風，但全被雨幕擋了下來。兩人雖然勇氣十足，但一路心情沉重，默默無言，一路到了潘尼丘（Penicuik），兩人要在這裏過夜。他們途中曾經停步，把工具藏在一塊茂密的矮樹叢裏，在離教堂墓園不遠的地方。他們又在「漁人小憩」盤桓了一下，就著廚房的爐

註4：開棺客（Resurrection Man）——這譯名從耶穌復活（resurrection）而來，但以中文直譯不易處理，故略拐彎從「開棺」造詞。

火互敬一杯，也把平常小酌喝的威士忌改成麥芽酒。等兩人終於到了目的地，馬車蓋好篷子，馬匹餵好飼料、安頓好後，兩位年輕的醫科學生就在自己的房間裏坐下來，好好享用客棧端得出來的上好晚餐和美酒。房裏的燈光，爐火，打在窗戶上的如注暴雨，擺在兩人眼前即將進行的冷酷而且不堪的勾當，橫加教他們對桌上的餐食更盡情享用。每乾一杯，兩人的熱忱就多加一分。沒多久，麥法蘭就遞了小小一堆金幣給同行的夥伴。

「算是恭維吧，」他說，「既然是朋友，這一點小意思合該像點菸的紙捻灰飛煙滅。」

費茨把錢收進口袋，回應他這兄弟的情義，也頗為讚佩。「你真是哲學家，」他大聲說道，「沒認識你之前，我根本就是一頭笨驢。你和K——你們兩個，我對天發誓！我就靠你們兩個才當得成男子漢！」

「不必客氣！」麥法蘭附和他，「男子漢？我跟你說，那一天早上真的是要男子漢才有辦法那樣子挺我，兄弟。就算是四十歲的精壯、好鬥大漢一樣膽子不夠大，看到那討厭東西就會吐的；但你不然——頭腦始終都很冷靜。我一直在觀察你呢。」

「唉呀，有什麼不能冷靜的呢？」費茨順勢自吹自擂，「又不干我的事。不這樣又有什麼好處？不過是自討苦吃！而且，你又不會讓我白做工，不是嗎？」費茨伸手一拍口袋，口袋裏的金幣叮噹作響。

麥法蘭沒想到會聽到這等不順耳的話，心頭略一吃驚。或許他是該後悔把這小兄弟教得這麼出色，但沒時間讓他去管，因為，他對面這一位又開始大聲嚷嚷，再繼續自鳴得意下去：

「最棒的是根本不用去怕。不用，就你知、我知，我才不想被人吊死——這講的是實際話；但我也不諱言，麥法蘭，我這人天生就是反骨。什麼地獄、上帝、魔鬼、對的、錯的、罪過、犯法、什麼勞什子——或許嚇得了小孩子，但見過世面的人，像你、像我，才不放在眼裏。我就拿這一杯紀念葛雷！」

這時候，時間已經相當晚了。他們的馬車已經依照囑咐拉到了大門前面，兩盞燈也都點得通明，兩位年輕人該付帳上路了。他們跟人說他們要去佩柏斯（Peebles），但兩人駕車朝那方向走到鎮上最外圍的房子都已經看不見時，便馬上熄掉車上的燈，掉轉回頭，沿著一條小路朝格蘭寇斯而去。路上除了馬車轂轆轆前行，還有片刻未曾稍減的滂沱雨勢，別無聲息。四下漆黑一片，只靠不時冒出來的一道白色大門或是牆上的一塊白色石頭，帶他們摸黑走上一段；但大部份的路程都慢如牛步，兩人幾乎是像盲人般摸索走過漫無邊際的漆黑夜色，朝兩人肅穆、偏僻的目的地前進。墓地鄰近一帶，有一塊凹陷的林子貫穿而過，進了這裏，連最後的一絲幽光也不得可，這就逼得他們不得不點起火柴，再把一盞馬車燈給點燃起來。他們就這樣在滴瀝的樹林子裏，由四下大片大片、游移不定的暗影簇擁，駕車抵達了他們預定要幹那邪魔外道的好事

的地方。

這樣的事，他們兩個都有經驗，使起鏟子很有力氣；兩人動手不到二十分鐘就有了結果，鏟子傳來悶悶的一聲噹，挖到了棺材頂。這時，麥法蘭一鏟子敲到一顆石頭，傷了手，順手一揚，鏟子朝他身後飛了出去。他們挖的墓穴離墳頭的平台邊緣很近，兩人那時就正好站在近墳頭的地方。他們的馬車燈靠在一棵樹上，這樣工作時的照明才會好一點；而那一棵樹就在一道陡峭的土坡邊，土坡下面就是小溪。說巧還真巧得跟那石頭一樣準。只聽到哐啷一聲，玻璃破裂，四下頓時一片漆黑，緊接著一下鈍、一下尖，交錯傳來馬車燈沿著陡峭山坡又彈又蹦的摔進小溪的撞擊聲，途中偶爾還會撞上樹木。車燈摔下去時，還帶了一兩顆石頭，也跟在後面嘎啦啦的滾進溪谷深處。接著，死寂跟在漆黑後面，一樣重又攫掌一切。他們兩個就算把耳朵豎得再高去抓聲音，卻是什麼也聽不到，只有雨聲正隨著狂捲的風勢，沉沉落在廣達數哩的曠野之上。

這一件駭人聽聞的勾當既然已經到了尾聲，兩人就同都覺得應該要摸黑盡快完成才好。兩人起出棺木，撬了開來，把屍體塞進濕透的麻布袋裏，就一前一後抬著朝馬車走去，由一人爬上車去扶住屍體，另一人抓著馬銜，沿著牆邊和矮樹叢摸索找路，把車帶到「漁人小憩」旁邊大一點的路上。到了那裏，就看得到微弱、模糊的光，兩人心頭大喜，以為是破曉的曙光，兩人催馬兒加快步伐，開始轂轆轆朝小鎮的方向前進，無限輕快。

那時，兩人已經因為先前忙那一陣子，渾身濕透，而且，馬車在沿著凹陷的轍道往前跑時，每一顛簸，夾在他們兩個當中的那東西就會一下倒在這個身上、一下倒在那個身上。每一有這恐怖的近身接觸，兩人的本能反應就是趕忙往外推，而且，一次又一次，愈推愈急；這情況雖然自然，但還是開始一點一滴在消磨這兩個夥伴的膽子。麥法蘭要拿這農婦講幾句下流的玩笑話，但話到嘴邊卻顯得無聊，他也就隨自己的話音落入沉寂沒再吭聲。不過，兩人中間的那一具邪惡的重擔，還是一個勁兒的一下倒向這邊、一下倒向那邊；而且，現在連頭也跟著耷拉下來，像是要靠在他們肩頭講悄悄話似的，連濕漉漉的麻布袋也會貼上他們的臉頰，冷冰冰的。這時，費茨不由得開始覺得有涼颼颼的寒意從心底竄了上來。他偷偷瞄了麻布袋一眼，覺得麻布袋好像比一開始的時候要大了一點。野地裏，四下都有農人養的狗，一路上以嗚嗚的淒涼長嘷相送，而且，一程接一程，遠近皆有。聽得他不禁覺得好像出了什麼詭異的怪事，而且，這感覺愈來愈強。這一具死屍像是有了無以名狀的變化；那些狗不住嘷叫，恐怕就是因為怕他們載的這一具邪門包裹吧。

「拜託！」費次好不容易擠出話來，「拜託！我們點燈好吧！」

麥法蘭的心思看起來好像也是朝同樣的方向走，因為，他雖然一聲不吭，卻馬上停下車來，把手上的韁繩交給夥伴，自己爬下車去把剩下的那一盞燈給點起來。他們那時才走到往奧申奇里尼（Auchenclinny）去的十字路口。豪雨依然不止，滂沱之勢恍如大洪水再臨。這麼濕、這麼黑的地方，要點得起燈，絕非易事。等好不容易星點般的藍色火苗轉到了燈芯，也開始愈來愈大、愈來愈清晰，一圈大大的朦朧亮光就罩上了馬車，兩位年輕人也才有辦法看得清楚彼此，看得清楚一路跟他們在一起的那鬼東西。大雨把粗麻布袋淋得貼在屍體上，透出身形的輪廓。頭部和軀幹是分開的，肩膀的形狀稜角分明；剎時，一股像人又像鬼的感覺緊緊抓住兩人的視線，定定鎖在和他們一路同行的這一位恐怖同伴身上。

麥法蘭愣了好一陣子動也不動，馬車燈就舉在手上。一股說不出來的恐懼，像濕透的床單，刷一下把費茨從頭到腳全都罩住，慘白的臉皮也繃得緊緊的；有一種無法言喻的恐懼、無法置信的驚駭湧上了他的心頭，愈積愈高。錶再走一下，他才開口講話。但他的同伴搶在他之前。

「這不是女的，」麥法蘭說時聲音壓得低低的。

「我們放到車上時是女的啊，」費茨一樣把聲音壓得低低的。

「燈你拿著，」另一人說，「我要看看她的臉。」

費茨接過燈後，他的同伴就解開綁住麻布袋的繩子，把蓋在頭部的麻布套往下拉。明亮的燈光照出輪廓完好的黝黑五官，兩頰的鬍渣刮得乾乾淨淨，而且，長相是他們兩個再熟悉不過的，也是這兩位年輕人夢中都常見到的。一聲尖叫響徹夜空，兩人同

The Black Cat

黑貓

艾德格・愛倫坡

Edgar Allan Poe

2

艾德格・愛倫坡 Edgar Allan Poe

一八〇九年生於美國波士頓，美籍父親和英籍母親在他很小的時候即過世，他乃由一名菸草富商約翰・艾倫（John Allan）收養。他先於英國的斯托克紐溫頓（Stoke Newington）就學，後回美國進維吉尼亞大學（Virrginia University）就學。

由於收養他的約翰・艾倫覺得他這年輕人不懂得負責任，一度帶他進自己的公司，想把他薰陶成正直高尚的成年人。不過，他不喜歡做生意，改以寫作維生，不成，便去從軍，但翌年就被他的監護人從軍隊帶走，改送進美國陸軍官校當學生。但沒幾個月就又因為怠忽職守而被退學，不得已再回頭以寫作維生，這一次的境遇就比先前要好得多，至少樹立起名聲，只是進帳不多。一八三六年，他娶了他十四歲的表妹維吉妮亞・克雷蒙（Virginia Clemm）——兩人結婚時還謊報維吉妮亞的年齡。婚後夫妻生活困窘，住在紐約附近福登（Fordham）的一棟小木屋裏。維吉妮亞於一八四七年逝世，他於一八四九年逝世。

愛倫坡的名作有《奇情誌異集》（*Tales of the Grotesque and Arabesque*）、《烏鴉》（*The Raven*）、《厄榭家傾頹記》（*The Fall of the House of Usher*）、《金甲蟲》（*The Gold Bug*）。

我即將提筆寫下最離奇但也最平常的故事，對此，我既不奢盼也不祈求各位相信。其實，「瘋子」才是我所預期的反應，因為，這件事雖有一一據實呈現的一切，但連我自己的官能也無法相信。不過，我絕對沒瘋——也絕對確定我不是在作夢。只是，我明天即將赴死，故於今日要卸下心頭重擔。我當下的目的，就在把一連串純屬家內的事，平實、扼要、不多加評論的呈現於世人面前。這些事的結局，於我是恐懼——是折磨——是毀滅。但我無意多作解釋。這些事於我，除了恐懼少有其他——雖則有許多人可能視之為稀奇古怪而已。但在這之後，或許還擠得出些許理性，把我的幻覺拉回到平常的現實裏來——比我要冷靜、比我要合乎邏輯、沒我這麼容易激動的理性，或許可以在我敬謹詳述的情況裏看出：這一切不過是一連串司空見慣的事情，連起來絕對符合前因後果的道理。

我從還很小起，大家就說我的性子乖巧又仁慈。我的軟心腸明顯到連玩伴都愛拿我取笑。我尤其鍾愛動物，我父母也很寵我，讓我養了多種動物作寵物。我大部份時間都跟我的寵物耗在一起，餵牠們吃東西、摩娑牠們的毛，是我最快樂的時候。我性格裏的這一特點，隨著年紀漸長變得更明顯，等到了成年，我的生活樂趣更是以此為主。任誰只要珍惜忠心、聰慧的狗對人的感情，就毋須聽我贅述此中的衷心快慰如何，又是何等強烈。動物的愛不自私，懂犧牲；若有人曾經數度測試區區凡人僅有的少許友誼和單薄的忠誠，那麼，動物的愛一定直接就會打動他的心。

我結婚得早，也有幸發現妻子的性情和我並無不諧。她注意到我特別愛養寵物之後，一有機會就會挑最可愛的那一種買回家養。我們因此就養了幾隻小鳥，幾條金魚，一頭好狗，幾隻兔子，一隻小猴，還有一隻貓。

這最後一隻貓長得特別大，特別漂亮，全身漆黑，而且，聰明得不得了。說起聰明，我妻子那人啊，心底是連一絲迷信也沒有的，卻常提起一則古老的民俗觀念，說黑貓都是巫婆變的。倒不是說她提起這一點時有多認真——我道出此事，理由就只是現在回想起來，這件事還真別忘記的好。

布魯托[1]——這是那貓的名字——是我最喜愛的寵物和玩伴。只有我可以餵牠，我人在屋子裏走到哪裏牠就跟到哪裏。連不讓牠跟著我上街，都有一點麻煩。

我們人貓的情誼就這樣延續了好幾年，期間，我整個人的脾氣、性格卻有徹底的變化，而且是朝壞的方向走——因為有可惡的酗酒惡習在推波助瀾（這一點，我不得不慚愧承認）。我日漸變得喜怒無常，暴躁易怒，無視於別人的感受。我開始恣意對我妻子惡言相向。到後來甚至變成拳腳相向。我的那些寵物，當然也都感覺到我性情大變。我不僅不再關心牠們，我甚至還會虐待牠們。不過，我對布魯托的關愛倒還算維持得住，而不致去虐待牠。但其他那幾隻兔子、猴子，甚至是狗，若是不巧從我身邊經過或是想和我多多親近，我想也不想就會對牠們暴力相向。我的毛病愈來愈嚴重——還有什麼毛病會跟酗酒一樣的？——到後來連布魯托，牠那時年歲已大，脾氣也變得有一點乖張——也免不了被我的壞脾氣波及。

有一天晚上，我又流連在鎮上酒肆大醉回家後，覺得那一隻黑貓像是在躲我，便一把抓住黑貓。黑貓被我的兇相嚇到，張口便用牠的牙在我的手上留下小小的傷口。剎時，惡魔的凶性湧上胸口。我像是變成另一個人了。我的本性好像忽然從我體內逃了出去，一股殘暴遠不能及的的惡毒狠勁在酒意催化之下，刺激我全身上下的髮膚無不亢奮異常。我從背心口袋掏出一柄摺疊小刀，拉開來，就一把抓住那倒楣的黑貓喉嚨，把牠的一隻眼珠仔細從眼窩裏挖了出來。我在寫下這一段該死的暴行時，我可是滿臉漲得通紅，像火燒一般，渾身發顫。

待第二天早上，理智重回心頭——睡過一覺，前一晚肆無忌憚的暴怒已然消褪——我對我犯下的罪行就覺得既恐懼又懊悔。但這感覺再怎麼說也很薄弱，很模糊；在我心底深處，對這件事其實是無動於衷的。我又重回縱慾的懷抱，沒多久，就再用烈酒

註1：布魯托（Pluto）——冥王星，和希臘神話裏的冥王、死神同名。

把這件事蓋得無影無蹤。

這期間，黑貓也漸漸康復。被挖掉眼珠的眼窩看起來是真的很嚇人；但看牠那樣子，應該已經不痛了。牠還是跟平常一樣會在屋裏四處走動，但是，各位想也知道，牠一見我靠近就會驚懼萬分，慌忙逃竄。我的舊脾氣多少還是留了一點下來，因此，一開始看牠，曾經那麼愛我的動物居然怕我怕得那麼明顯，是很傷心沒錯。但這感覺很快就換成了惱怒。接下來，就像是走到萬劫不復的轉捩關口似的，惱怒換成了乖戾。這一種心理狀態哲學裏沒提到。而我敢拿性命作擔保，此乃千真萬確，乖戾絕對是人類最基本的本性或感情裏的一端，一個人的性格走向，即由此決定。這樣的經驗誰沒有過上百次的呢？不由自主就做出了卑鄙或愚蠢的事，而且還因為知道不應該所以偏要去做？難道我們心底不老是有一股衝動揮之不去，就算明明知道最好要怎樣，卻因為知道是法紀所以硬是要違法犯紀？而我要說，就是這種乖戾的心理，終致教我萬劫不復。就是因為我心底有這一股深不可測的衝動，要我去推翻本性——去破壞人性的本質——去為了使壞而使壞——而推著我一路朝這方向走下去，終至於對這無辜的小動物做出無謂的傷害。有一天早上，我硬著心腸拿了一根套索套住牠的脖子，把牠吊在一棵樹頭下面——我把牠吊在樹上時，是有淚珠從我眼裏滴下，也有刺痛的懊悔從我心底湧現——但我吊死牠，是因為我知道牠曾經深愛過我，我吊死牠，是因為我覺得牠沒給我一點理由去討厭牠——我吊死牠，是因為我知道這樣做罪大惡極——

是萬惡不赦的罪行，這樣做，會讓我不朽的靈魂墮入深淵，連我們最仁慈、我們最敬畏的上帝，以其無限的慈悲，也無法挽救。

我做下這一件慘事的那一天晚上，我在夢中被「失火！」的喊叫驚醒。我睡的床的床帳燒起來了。一整棟房子一片火海。我和我妻子還有一名僕人是極其驚險才逃出火場的。燒得一乾二淨。我在人世所有的財富全遭火舌吞噬。事後我即陷入絕望無法自拔。

在此，我要跳脫窠臼，不在慘劇和禍事之間建立前因後果的關係。我只是把一連串的事情，為各位依序作詳述，盡量不出現接不起來的漏洞罷了。失火後一天，我重回火災廢墟。屋牆除了一面之外，全都已經倒塌。而這一面還沒倒的牆，是一面隔間的牆面，沒有多厚，就在屋子的正中央，我睡的床頭就抵在牆上。這裏的牆面所塗的灰泥，大部份都沒被大火燒到——這情況，我認為應該是這裏的灰泥才剛塗上不久。而這一面牆的前面就擠了一群密密麻麻的人，許多人都在檢視牆面上的一塊地方，看得很仔細，很專心。不時聽到有人在說「好奇怪！」「真罕見！」，惹得我一時好奇也湊了過去，這就看到上面是很大的一塊圖像，貓的圖像，像白色壁面上的淺浮雕。圖形極其精確，真是不可思議。貓的脖子上還套著一根繩子。

我一看見這異象——我真的覺得它就是異象——心頭的驚訝和恐懼漲到了極點。但後來，再一細想，就有了解釋。我想起來，那一隻黑貓是吊在屋外的花園裏的。失火時，花園馬上就擠滿了圍觀的人——因此，應該是有人砍斷繩子把貓從枝頭弄下來，從敞開的窗口扔進我的臥室。可能是想用這方法把我叫醒吧。而其他牆面倒下來的時候，就順勢把我殘酷暴行的犧牲品給壓扁了，變成像是新塗上去的灰泥。石灰加火燄加屍體散發出來的阿摩尼亞，就弄出了我看到的這一幅圖像。

雖然，我剛才詳述的這些駭異現象馬上就被我以理性來求解釋——雖然沒全以良心來看，但它終究還是在我的幻想裏烙下了很深的印象。我連著有好幾個月都沒辦法掙脫那一隻貓的幻象；而且，在這期間，有一股不脫感傷的情緒重回我的心頭，感覺像是悔恨但又不是。到後來，我甚至為失去這一隻動物而難過，在我流連的下流場所不時會四下搜尋；那些場所那時已經變成我固定要去的地方。我找的是同樣品種、長相類似的貓，好取代牠。

一天晚上，我又在一家名聲特別壞的酒窟喝得半醉，忽然瞥見一樣黑黑的東西趴在一具大酒桶的頂蓋上，可能是杜松子酒還是蘭姆酒的酒桶吧，神態一副安閒；這一類大酒桶就是那地方最主要的擺設。我已經盯著那酒桶蓋看了有幾分鐘了，怎麼先前沒注意到有那小東西在上面呢？我朝牠走過去，伸手輕輕摸牠一下。那是一隻黑貓——體型很大——差不多有布魯托那麼大，全身上下都很像布魯托，只有一樣例外。布魯托身上不管哪裏都看不到一根白毛，但這一隻黑貓身上有一塊很大、看不出來形狀的白毛，幾乎把牠的胸口全都蓋滿。

我一摸到牠，牠馬上站起來，大聲呼嚕，拱身在我手低下摩擦，像是見我注意到牠很是開心。這不正就是我百般尋覓的貓嗎？我馬上跟老闆表示有意買下牠來，但那人說貓不是他的——他什麼也不知道——連見也沒見過。

我回頭再輕輕摩娑黑貓，一直沒停，後來我要走時，黑貓馬上作勢要跟著我走。我也讓牠跟著我走；途中不時蹲下去拍一拍牠。而黑貓一到了我住的地方，馬上就像安家落戶一般，也立即贏得我妻子的鍾愛。

但我自己卻沒多久就對牠心生厭惡。這根本就和我當初的期望相反；只不過，牠喜歡我表現得那麼明顯，只教我更反感、氣惱——我到現在還是不知道這是怎麼回事，又為什麼會這樣。而且，這種厭惡、氣惱的感覺愈來愈強，變成痛恨，很難忍受。我會故意避開牠；不過，可能是有幾分羞愧吧，加上先前做過的慘事還沒淡忘，所以，我還不致於動手去虐待牠。我有好幾個禮拜都沒打牠一下，或用別的暴虐方式去待牠；但慢慢的——很慢的——我看牠的眼神還是開始帶著說不出來的厭惡，牠那可憎的身影一出現，我就默默躲開，像是在躲瘟神的臭氣。

我對這一隻畜牲會這麼厭惡，和我帶牠回家的第二天早上就發現牠跟布魯托一樣也少了一隻眼睛，當然有火上加油的關係。不過，牠這情況卻教我妻子對牠更加愛憐，我這妻子啊，如我先前所言，心腸是很慈悲的，這性格原也是我以前很突出的特點，是我最簡單、最純潔的喜樂的源頭。

不過，我愈是討厭這黑貓，牠對我卻好像愈傾心。跟在我腳邊四處走的那一股黏勁兒，很難和各位說得清楚。我一坐下，牠就蜷縮在我的椅子下面，要不就跳上我的膝頭，不停在我身上磨蹭，討厭之至。我若站起來走開，牠就在我的兩隻腳間亂竄，害得我差一點絆倒，牠甚至會用牠長長的利爪攀著我身上的衣服一步步爬到我的胸口。這時候，儘管我很想出手一拳把牠打死，但還是會忍下來，一部份是因為先前幹過的事還沒淡忘，但主要還是——我就別閃躲了——因為，我怕這畜牲怕得不得了。

這種怕，未必像是怕惡魔的化身——只是，不這樣說，我也不知道該怎麼說牠。對這，我簡直像是羞愧——沒錯，縱使我已經身在罪犯的牢裏，還是要說這簡直像是羞愧——那畜牲居然會嚇得我這麼驚懼、喪膽；而且，牠使得出來的僅此唯一的小小變形術，甚至還讓我對牠再更加怕上三分。我妻子不止一次跟我提過，牠胸口的那一塊白毛很特別；這一塊白毛我先前提過，也是這一隻怪畜牲和先前被我弄死的那一隻唯一看得出來的差別。各位可能還記得這一塊白毛雖然很大，但一開始是完全看不出來形狀的；不過，這一塊白毛慢慢在變化——慢到幾乎看不出來，以致有很長一段時間我的理智一直在掙扎，斥之為幻覺——到最後出現輪廓很明確而且很清晰的形狀。那形狀顯然是一樣東西，我一提起來就發抖的東西——那東西，我說呢，就是猙獰的——人人聞之色變的——絞刑架！——而且，就因為這樣我更加討厭牠，怕牠，恨不得把那妖怪給除掉，若我有膽子的話。唉，可悲復可怕的恐怖機器！犯罪機器！——帶來的盡是痛苦，死亡！

所以，我現在的痛苦遠超乎於人類區區的痛苦之外，一隻僅具獸性的畜牲——我先前才弄死過一隻牠的同類，根本就沒放在眼裏——一隻僅具獸性的畜牲，居然也逼得我——我可是人哪，依照上帝形象做出來的人哪——逼得我痛苦不堪！唉！無分晝夜，我再也無法享有休息的福份！白天，那畜牲沒一刻不跟著我；夜晚，我隨時會從難以言喻的恐怖夢境驚醒，發現那妖怪溫熱的鼻息就正對著我的臉，沉甸甸的重量——夢魘化作實體，我沒有力氣推開——就壓在我的心頭始終無法掙脫！

我僅存的微薄善性，就蓋在這般的重壓下面備受折磨，而致屈服。邪念惡膽成了我唯一的知交——而且是最陰暗、最邪惡的心念。平常就陰晴不定的性格變本加厲，終致痛恨天下事、痛恨天下人；不時隨意任自己猝然爆發狂躁的暴怒，無法控制，蠻不滿理。唉！我那任勞任怨的妻啊，便是平常最遭我荼毒的對象，也是最忍得下來的人。

一天，她為了辦家裏的雜事，陪我一起走下我們住的老房子的地下室；那時我們已經窮到只能住在那裏。那黑貓也跟著我走下陡峭的階梯，而且，差一點就害我摔個倒栽蔥。我氣瘋了，馬上拎起一根斧頭來。我在盛怒之下，連先前一直擋下我沒動手的幼稚恐懼也全都丟到腦後，我瞄準那畜牲準備將斧頭砍下；斧頭若真如我願一般落下，絕對教那畜牲當場斃命。只是，這一擊被我妻子伸手攔下。她出手干涉，只激得

我的怒氣更盛，魔性大發，用力把手臂從她雙手之間抽出來就把斧頭朝她頭上砍下。她當場倒下死去，連一聲呻吟也沒有。

犯下這一件驚心動魄的命案後，我馬上開始思索掩藏屍體的事，而且始終十分沉著。我知道不管白天抑或晚上，都沒辦法把屍體運出屋外而不被鄰居看到。許多作法一一閃過我的腦際。我一度考慮是否該把屍體切成小塊用火燒掉。也想過在地下室的地板挖一個墳坑就地掩埋。我另也想過把屍體扔進院子裏的井內——想過把屍體裝在箱子裏，弄成貨品的樣子，依平常的手續要腳伕把屍體從屋子裏弄出去。最後，我心生一計，而且覺得這樣子處理比上述作法都要方便得多。我決定把屍體塞進地下室的牆內砌起來——記載裏就有中古時代的修士殺了人把屍體砌進牆裏去的。

而老屋的地下室也正適合用這方法藏屍。牆面砌得不牢，才剛用粗灰泥塗過一遍，但因為地下室太潮濕而還沒乾透。此外，地下室有一面牆是凸出來的，因為煙囱或是壁爐放錯地方，所以特別填起來弄得跟地下室其他的地方一致。我確信我輕易就可以把那一面牆的磚頭敲下來，把屍體塞進去，再把牆面砌好如初，絕對沒人看得出來那裏有絲毫異樣。

而我算的這一番心計，並沒有白費。我用一根鐵橇輕易就把磚頭敲下來，然後小心把屍體塞進牆內，直豎靠在內壁上面，我就讓屍體維持這樣的姿勢，沒費多少力氣，再把磚頭放回原位，恢復牆面原狀。我買了灰漿、砂石和獸毛回來，事前想盡各種可能條件，終於調出和原狀幾無二致的灰泥，再仔細把灰泥塗上新砌的磚牆上面。完工之後，我對一切順利甚為滿意。牆面看不出一絲動過的跡象。地板上的垃圾也仔仔細細收拾起來。我四下環顧，無限得意，還喃喃自語，「終於好了，你看看，全沒白費工夫。」

再下一步就是要找到那畜牲，我會倒這大楣，全都是牠闖的禍；我也終於下定決心要送牠歸陰。我若那時找得到牠的話，牠絕對是死路一條；但看來，那一隻狡猾的畜牲被我先前的暴怒一嚇，不肯在我餘怒未消的時候現身。找不著這可惡的東西，我心頭卻湧上一股快慰，很深、很高興，那感覺難以形容，甚至無法想像。到了晚上，黑貓還是不見蹤影——也因此，從牠進了我家之後，我終於起碼有一晚可以好好睡上一覺了，我睡得很沉、很平靜；是啊，連心頭壓著殺妻的重擔我也睡得著！

第二天過去，第三天過去，害我備受折磨的那東西還是不見蹤影。我終於又可以跟自由人一樣暢快呼吸了。那妖怪在驚懼之餘逃出了屋外，就此不再回來！我不會再看到牠了！我那快樂真是無與倫比！我對我幹下的壞事是有罪惡感，但也只是略有不安而已。有人稍微問過幾句，但都隨口回答就應付過去了。甚至還發動搜尋——當然是什麼也沒發現。我只覺得幸福的未來已然是囊中寶物。

到了我殺人過後第四天，警方來了一隊人馬。出乎我的意料之外，他們進了我家，就又開始在屋子裏作嚴密的搜索。由於我對藏屍處不留一絲痕跡有十足的把握，因此心裏沒有絲毫忐忑。警官要我在他們搜索時陪在他們旁邊。屋子沒有暗處、沒有角落漏掉。到最後，搜第三或第四遍時，他們走下了地下室。這時，我還是連眼皮也沒多眨一下。心跳如常，跟無邪安睡的人一樣。我在地下室從這一頭走到那一頭，兩手環抱胸前，來回踱步，神態輕鬆。警方十分滿意，準備要走。我心頭的快樂高漲，按捺不住。我得意難耐，忍不住想要說一、兩句話，再度確認他們相信我沒有罪。

「各位長官，」我在他們一行人沿著樓梯往上爬時開口，「很高興可以掃除各位的疑慮。各位多保重，禮貌要好一點。還有，各位啊，這房子——這房子蓋得很牢。」(那時我急得要把話講得輕鬆，都不太知道自己在講什麼。)「我敢說這房子蓋得特別牢。這幾面牆啊——你們要走啦?各位?——這幾面牆砌得很結實喲!」我在得意忘形之餘，一時興起，拿我手上的拐杖用力一敲，敲在牆上，正中我愛妻埋屍的那一片新砌磚塊。

上帝啊，求您護衛，救我脫離這大魔頭的惡毒魔掌!我那一敲的巨響才剛沉靜下來，就聽到我妻子的墓穴裏有聲音和我應對!——是叫聲，一開始不太清楚，斷斷續續的，像小孩子的嗚咽，旋即加大，變成長聲、響亮、連續不斷的厲聲尖叫，絕對是動物而非人類的叫聲——咆哮——尖聲長嗥，半帶著戰慄、半帶著得意，這樣的呼號，只有幽冥地府才有，是被打入地獄的人的痛苦哀號加上地獄惡魔施加懲罰的興奮呼號匯集而成的。

至於我作何想法，真還要講就太笨了。我一陣昏亂，踉蹌靠向對面的牆壁。站在樓梯的那一隊警察一時間全都愣住，恐懼、喪膽之至。但馬上就又有十幾隻精壯的手胡亂朝牆壁挖。牆面整片碎裂掉落。一具屍體，嚴重腐爛，處處血塊，直挺挺站在那幾名警察面前。而屍體的頭上，就坐著那一隻猙獰的畜牲，張著血紅的大嘴，獨眼閃著火紅的烈焰！就是這狡滑的東西害我殺人，還用牠的叫聲通風報訊，將我送到絞刑手的手上。我把這魔頭一起封死在我妻子的墓室裏面！

The Adventures of the German Student

日耳曼學生奇遇記

華盛頓・爾文

Washington Irving

3

華盛頓・爾文 Washington Irving

一七八三年生於紐約，原本攻讀法律，也取得了律師的資格，但後來還是覺得寫作比較好。

一八一五年爾文搭船到英格蘭，長居十一年後，轉赴西班牙到美國大使館工作三年，再於一八二九年回到倫敦。他於一八三二年回到美國，終老於斯，期間只有四年以美國公使之銜出使西班牙。逝世於一八五九年。

爾文最風靡的作品有《遊客談》（*Tales of a Traveller*）、《阿罕布拉宮奇譚》（*Tales from the Alhambra*），和童話故事《李伯大夢》（*Rip van Winkle*）。

那時是法國大革命動魄驚心的年代。一天晚上，暴風雨起，一名年輕的日耳曼學生於深夜徒步返回住所，途中必須穿過巴黎的老市區。天上閃電霹靂，旋即雷聲隆隆震撼樓宇櫛比鱗次的狹窄街心——在此容我先為各位提一下這一位年輕人的事。

高佛瑞‧伍爾夫岡是出身好人家的年輕人。原先在哥廷根（Göttingen）讀過一陣子，因為天生愛幻想又熱情的性子，以致也走歪路遁入那時頗多日耳曼學生著迷的離奇玄想。遺世獨立的生活，專心致志的苦讀，加上鑽研的科目又太特異，而在他的身心都留下了影響，健康因之受損，想像力呈病態。由於鎮日為追索精神的本質而耽溺於玄思奇想，終至如史威登堡[1]一般在自身的四周構築出一己玄想的世界。他還出現一種想法，我不知道從何而來的想法：他身邊有邪惡的力量環伺，有惡魔或是邪靈就等在一旁要抓他，要陷他於毀滅。這樣的念頭加上他多愁善感的性情，就得出了最陰鬱的結果。他變得神情枯槁，意氣消沉。他有幾個朋友發現他為精神疾病所苦，判定

註1：史威登堡（Emmanuel Swedenborg, 1688-1772）：瑞典科學家暨神學家，原先研究科學，後來轉入神學，自稱能夠通靈，得見異象。

最好的解藥便是換個環境，乃要他到巴黎來，在繁華和逸樂當中完成學業。

伍爾夫岡抵達巴黎之時，正逢革命爆發之初。民眾沸騰的激情一開始是抓住了他熱情的天性，讓他對那時的政治和哲學理論頗為著迷。但隨之而來的血腥殺戮，教他敏感的天性深受震撼，對社會和人世興起厭惡之情，以致避世的傾向更加嚴重。他把自己關在拉丁區（Pays Latin）的獨居公寓裏面；拉丁區是當時學生聚居的地帶。他幽居在一條湫隘的小街，離索邦（Sorbonne）修道院般的高牆不遠，尋思他熱愛的玄想。他有時候會在巴黎的幾座大圖書館，一連幾小時流連在過往學者的陵墓裏，在成堆蓋滿灰塵的古代卷帙裏翻檢，尋找供養他病態癖好的食糧。他那樣子形如文字食屍鬼，在積骨堂以腐朽的篇章為食。

伍爾夫岡雖然孤獨、避世，但熱情的天性猶在，只是只供他的想像作用。他太羞怯，於世故人情太過無知，見有心儀的美女也不敢接近，但他對女性的美可是極其傾慕，難以自已；一人獨處於室時，往往即神遊於遐想，以有緣一見的身形、臉龐，在想像裏勾劃不可方物的美麗倩影。

只是，他的腦子就算可達如此之亢奮、昇華，還是有夢境在他身上投下非比尋常的影響。他這夢是夢到一張美麗得超凡脫俗的臉龐。而且，印象極其深刻，數度重回他的夢中。白晝縈懷不去，入夜盤桓入夢。到後來，他對這夢中倩影迷醉不已，如癡如狂。久而久之成了憂鬱的人心裏的執念，終日縈繞，揮之不去，偶而會與瘋狂混為一談。

這便是高佛瑞・伍爾夫岡其人，這便是他在我說的這故事那時的狀況。他在風狂雨驟的那一天深夜回家，途中要走過沼澤區（Marais）湫隘的老街；沼澤區是巴黎的老街區。那時天上雷電的霹靂巨響，震得狹窄街心兩側的樓宇之間暗影幢幢。後來他走到了河灘廣場（Place de Grève）；那裏是公開處決的所在。一道閃電在市政廳（Hôtel de Ville）尖塔四周嘶嘶竄行，在市政廳前的大片空地灑下閃爍不定的幽光。伍爾夫岡才要走過廣場，卻又悚然一驚，後退一步，因為，他發現斷頭台就在他身邊附近。那時恐怖統治正盛，這麼可怕的殺人工具隨時都在備用，架子也不停淌下賢德、勇敢之士的鮮血。這一具斷頭台那一天也正用來殺過人，陰森又猙獰，佇立在沉寂入睡的市中心，等著下一波人來遇難。

伍爾夫岡一見，心頭一緊，厭惡難耐，渾身觳觫，轉身便要避開這恐怖機器，卻見斷頭台底部的階梯下面有縮成一團的暗影。接著一連幾記閃電，把暗影照得更清楚一點。那是一位女性的身形，穿了一身黑衣。她坐在斷頭台階梯臨地面的一階上，身體前傾，臉龐埋在膝頭，蓬亂的長髮散落，垂到了地面，被傾盆大雨淋得一綹一綹的掛在身上。伍爾夫岡停下腳步。見她一人獨自傷心，好生不忍。看這一位女子的模樣，階級應該在平民之上。他知道那時禍福無常，多的是姣好的人兒原本有絨毛枕可以入睡，一夕間落得無家可歸。或許這一位可憐人兒正為喪親而哀慟，可怕的巨斧讓她無依無靠，以致靠坐在這裏為生存的困境傷心欲絕，因為她珍愛的一切都被送進了永生。

他朝她走過去，輕輕喚她，語調充滿憐惜。她抬起頭來，盯著他看的眼神滿是驚惶。而他一見她也是大為驚訝，因為，襯著閃電打下來的刺眼亮光，他眼前的這一張臉龐，正是數度出現在他夢境的臉龐。這一張臉龐慘白，悽絕，但還是美得教人神魂顛倒。

伍爾夫岡頓時思緒翻騰、混亂，渾身微微發顫，再靠過去想跟她攀談。他跟她說夜已經這麼深了，風雨又這麼大，她隻身在外恐怕不好，再問是否可以送她去找朋友，諸如此類。她伸手指向斷頭台，姿態無限驚懼。

「我在人世已無朋友！」她說。

「但總有家吧，」伍爾夫岡回答。

「是有——但在墳裏！」

這位學生一聽，更覺得不忍。

「若是您不見棄有陌生人斗膽作出邀請，」他說，「而且不致招致誤會，那就請以敝人的寒舍為遮風避雨之地，以我為您忠誠的摯友。我自己在巴黎也是無親無故，是這地方的外地人，若您看得起，有何略盡棉薄之處，靜候差遣，我寧死也不讓您受傷、受辱。」

這位年輕人言辭懇切又熱忱，打動了對方。而且，他的外國口音也幫上了忙，顯示他不是常見的市儈老巴黎。的確，他這話說得言真意切，讓人難以懷疑。這一位無家可歸的陌生女子，也就默默將自己託付予這位學生保護。

他扶著她蹣跚走過新橋（Pont Neuf），途中經過亨利四世雕像原來矗立之處，雕像已遭民眾推倒。風雨已經略減，雷聲也已退到遠方。巴黎全城一片死寂，人性激情的大火山略事休眠，蓄積新一波的能量以待翌日再度爆發。這名學生帶著身邊的麗人走過拉丁區的古老街道，走過索邦黑黝黝的高牆，朝他住的那一棟邋遢大旅館走去。替他們開門的女門房一見他們，眼睛就睜得斗大，很詫異一直抑鬱寡歡的伍爾夫岡居然帶了女伴回來，真是罕見。

這學生一進他的房門，破天荒對自己住處的狹隘又無趣，刷地臉色發紅。他的住處只有一個房間——老式的大廳——雕飾繁複，裝潢奇特，到處是過往富麗的孑遺，因為這旅館位於盧森堡宮（Luxembourg Palace）一帶，而盧森堡宮曾是貴族所有。房間裏到處堆著書籍、報告等等學生常見的裝備，他睡的床則擺在牆邊的凹處。

等燈一點亮，伍爾夫岡有機會好好端詳這一位陌生女子，對她的美貌更是迷醉。她的臉龐雖無血色，但襯著鬆鬆垂在臉蛋四周豐厚、烏黑的鬈髮，美得教人目眩神馳。一雙眼睛又大又亮，閃著特異的神采，近乎狂亂。至於她身上的一襲黑衣，透出了玲瓏的曲線，一覽無遺，對稱完美。雖然裝扮簡單之至，卻不掩人人驚艷的絕代丰華。

她身上唯一勉強可以說是飾品的東西，是她頸子上圍了一條寬寬的黑色飾帶，鑲著鑽釦。

這一位學生眼下要立即處理的難題，是該怎麼處理驀然落入他懷抱的無助人兒。他想過把房間全讓給她，自己到別處找投靠去。不過，他對她的美貌實在癡迷，像有咒語鎮住了他的心神，無法自拔，怎樣也沒辦法從她身邊離開。而且，她那神態那麼特別，難以解釋。斷頭台一事她已絕口不提，哀慟也已經稍減。這位學生對她一見傾心，一開始只讓她放心，接著看來也讓她交心了。顯而易見，她變得跟他一樣熱情，而兩個同為熱情如火的人，當然很快就可以心意相通。

伍爾夫岡在激情迸發的當下，對她傾訴愛慕之情。他把他作過的神祕夢境跟她說了，告訴她早在兩人邂逅之前，她就已經擄獲了他的心。他傾吐的衷腸，說也奇怪，竟感動了她，對他坦承自己心底同樣對他產生了莫名的情愫。那時代是脫韁的想法、脫序的行為風起雲湧的時候。舊偏見和老迷信都遭破除，萬事獨尊「理性女神」（Goddess of reason）。婚姻的禮俗同樣被劃歸為舊時代的垃圾，斥為約束高尚心智的無謂束縛。社會契約（social compact）才是流行。而伍爾夫岡其人好學深思，於當時蔚然成風的自由理論當然不能免俗，同遭習染。

「我們何必分開呢？」他說，「兩顆心既然已經合一，依理性、依禮法，我們已然算是結合為一。高潔的靈魂何須再以污穢的俗套作束縛？」

陌生女子聽得好不感動，顯然同一學派對她也有所啟發。

「妳沒有家，沒有親人，」他再說，「就讓我做妳的一切，讓我們彼此做彼此的一切吧。若虛禮有其必要，那就還是略盡一下虛禮——我的手在這裏。我謹此宣誓，終生愛妳不渝。」

「永世不渝？」陌生女子鄭重回應。

「永世不渝！」伍爾夫岡回答。

陌生女子把伸在眼前的手掌闔在掌心：「那我就是你的妻了，」她輕聲呢喃，投入他的懷裏。

翌日清晨，這學生暫時撇下尚在熟睡的新娘，獨自趁早出門去找更寬敞的住處，以因應生活的變化。等他回去時，卻發現陌生女子躺在床上，頭部耷拉在床沿，一隻手臂搭在臉上。他輕聲喚她，她沒有回應。他朝她走去，想把她叫醒；她的睡姿很不自然。但他一摸到她的手，就發覺她的手好冷——而且沒有脈搏——臉色像死人般毫無血色。總而言之——她是一具死屍。

他大駭，驚惶失措，叫來旅館老闆。立即引發一陣騷動。警方派了人來。一名警官才進了房門，一見屍體，馬上倒退一步。

「天哪！」他大喊，「這女人怎麼會在這裏？」

「你認得她嗎？」伍爾夫岡急急問道。

「我認得她嗎？」警官大聲回答，「她昨天才上斷頭台的啊！」

他朝前走上一步，解下屍體頸項的那一條黑色飾帶，女屍的頭顱馬上滾落地板！這一名學生登時發狂！「鬼啊！我被魔鬼抓到了！」他尖聲大叫：「我永遠回不來了！」

眾人想安撫他，但沒有用。他一意認定這可怕的想法：有惡靈附在死人的身上抓到了他。他就此發狂，最後死在瘋人院裏。

說到這裏，這一位始終心事重重的人結束了他說的故事。

「這是真的事嗎？」好奇的紳士打探問道。

「千真萬確，」對方回答，「這是我從最可信的人那裏聽來的。就是那一名學生親口跟我說的。我在巴黎的瘋人院裏見過他。」

上述故事的後半段，是根據有人說給我聽的一則故事寫下來的，據說這一則故事可以在法文書裏找到，但我還沒看過。

The Canterville Ghost：A Hylo-Idealistic Romance

坎特維爾幽靈

奧斯卡・王爾德

Oscar Wilde

4

奧斯卡・王爾德 Oscar Fingall O'Flahertie Wills Wilde

一八五四年生於都柏林，先後就讀於都柏林的三一學院（Trinity College）和牛津的瑪格德蓮學院（Magdalen College）。一八八一年出版第一部詩集，七年後出版第一部短篇小說集。

王爾德因遭昆斯貝里侯爵指控性變態，反控對方毀謗，但於一八九五年以同性戀行為遭定罪，判處入獄兩年。王爾德出獄後，轉赴歐陸度過三年餘生——大部份時間是在巴黎。他逝於一九〇〇年。

王爾德的知名作品以劇本為主，例如《不可兒戲》（*The Importance of Being Earnest*）、《溫夫人的扇子》（*Lady Windermere's Fan*）。他的短篇小說集有《快樂王子故事集》（*The Happy Prince and other Tales*）。《格雷的畫像》（*The Picture of Dorian Gray*）是他唯一一部長篇小說。

1

美國公使希朗・奧蒂斯先生買下坎特維爾莊園之時，人人都跟他說他在做非常愚蠢的事情，因為那地方絕對鬧鬼。確實，連坎特維爾爵爺要和奧蒂斯先生談合同的細節時，也覺得有責任據實以告。這位坎特維爾爵爺是最拘謹守禮的人了。

「我們自己都不肯住在這裏，」坎特維爾爵爺說，「因為我姑婆，波頓公爵孀居夫人，住在這裏時被嚇得中風，終生未癒；她在準備更衣下樓用晚餐的時候，出現兩隻骷髏手搭在她肩膀上面。奧蒂斯先生，我覺得我有責任跟你說清楚，我家族有好幾人都見過這個鬼，他們都還健在；教區牧師奧古斯都・丹皮爾先生，也見過，他可是劍橋大學國王學院的研究員。公爵夫人出了事後，府裏年輕一點的僕人都不肯待下來，坎特維爾夫人晚上也難以成眠，因為走廊和書房一直有怪聲音不得安寧。」

「爵爺啊，」公使回答，「我會把傢俱和鬼一起估價。我出身現代的國家，我們那裏什麼用錢都買得到；有那麼多我們年輕氣盛的小伙子在舊世界胡鬧狂歡，搜括你們最拔尖的女伶、歌姬，所以，依我看，歐洲這裏若真是有鬼這樣的東西，那沒多久，準會被我們弄回國去擺在博物館裏面展覽，或拖著在各地擺野台戲作表演。」

「只怕是真有鬼啊，」坎特維爾爵爺笑著說道，「而且，就算你們生財有道的戲班子老闆真會打這樣的主意，那他恐怕也不會答應。這一個鬼很出名，有三百年的歷史，其實是從一五八四年就打出名號的了；我們家族每逢有人就要沒命時，他準會出現。」

「喔，家庭醫生不也是這樣？坎特維爾爵爺。但這世上才沒有鬼這樣的東西，爵爺啊，沒有鬼這樣的東西。而且，依我看，大自然的法則應該不會一碰到英國的貴族就暫時擱著不用。」

「您還天生就是當美國人的料兒，」坎特維爾爵爺回答一句，不過沒抓到奧蒂斯先生最後一句話的意思，「您不在乎屋子裏有鬼，那就好。只是，您別忘了我警告過您就是。」

之後過了幾個禮拜，買賣已經成交，公使便偕同家人在季節交替之時，搬到了坎特維爾莊園。奧蒂斯夫人出嫁前還住在西五十三街時，以露瑰西亞•泰本的閨名，便已經是紐約遠近馳名的大美女，如今是丰韻不減的中年美婦，有一雙美目，側臉的線條明朗俐落。斯時許多美國名媛貴婦一離開故土，就染上長年病容，以其為歐式典雅故也；然則，奧蒂斯夫人從來未曾被這種錯誤印象牽著走。她的體格健美，渾身血氣旺盛。其實，她在許多方面都深具英國氣質，足資證明現今我們和美國其實無所不同；當然，語言除外。她的長子叫作華盛頓，是他的父母秉一時的愛國激情作此巧思；只是，這名字他自己無時不刻不引以為憾。這一位年輕人有一頭淡金色的頭髮，頗為英俊，也頗有外交長才，一連三季在新港（Newport）的賭場裏賭贏德國人，甚至到了英國也以舞技高超揚名立萬。若說有什麼缺點的話，那就是他老是敗在槌子花和貴族頭銜上面。要不然，他是極其明理的人。維吉妮亞・奧蒂斯小姐是十五歲的小姑娘，靈巧、可愛，像小鹿一般，一雙藍色的大眼純潔又奔放。她有出眾的亞馬遜[1]架式，曾經騎著自己的小馬和畢爾敦老爵爺比賽，繞著莊宅的大院子連跑兩圈，就在阿基利斯（Achilles）雕像前方贏了一匹半的馬身，看得年輕的徹夏爾公爵大為傾倒，當場就向佳人求婚，結果，當晚就被他的幾名監護人連夜送回伊頓公學（Eton），走時哭得眼淚汪汪。維吉妮亞下面就是一對雙胞胎弟弟，大家常叫他們「星條旗」，因為老是挨鞭子。這兩個都是樂天派的孩子，而且，全家除了道貌岸然的公使之外，就只有這兩個孩子算是道地的共和黨。

由於坎特維爾莊園離最近的火車站艾斯卡（Ascot）有七哩遠，因此，奧蒂斯夫人事先發了電報，叫了一輛四輪遊覽馬車在車站接他們，大夥兒人啟程後，興致無不高

註1：亞馬遜（Amazon）——指古傳說驍勇善戰的亞馬遜女勇士。

昂。時值美好的七月傍晚，空氣微微飄著松香味。不時聽得到斑尾林鴿甜美的沉吟嗚啼，或在窸窣作響的羊齒植物深處瞥見雉雞光潔的胸脯。小松鼠在他們一行人經過時，高踞在山毛櫸的枝葉間朝他們窺探，小兔子連跑帶跳四下走避，竄進草叢、跑過長滿苔蘚的小丘，白色的尾巴高翹空中。不過，待他們一行人駛進坎特維爾莊園的林蔭道時，天色就忽然一暗，滿布烏雲，空氣剎時罩在詭異的死寂裏面，一大群白嘴鴉從他們的頭頂無聲掠過，沒等到他們一行人來到宅邸門前，就有大顆的雨滴開始落下。

一名老婦人恭候在宅邸大門的台階上面。她一身雅致的黑絲絨，頭上一頂白色小帽，還身繫圍裙。這一位就是宅邸的管家，厄姆尼太太；奧蒂斯夫人應坎特維爾夫人極力請求，同意由她留任原職。他們魚貫下車，她對他們一一行過低低的屈膝禮，用她怪怪的口音說老式的歡迎辭，「謹此歡迎光臨坎特維爾莊園。」他們跟在她的身後，走過漂亮的都鐸（Tudor）門廳，進入圖書室；那圖書室是一間長形、低矮的房間，牆面有黑櫟飾板，尾端開了一扇很大的彩色玻璃窗。看到這裏已經為他們準備好了茶點，一行人便脫下大衣披肩，坐下來四處端詳，厄姆尼太太站在一旁伺候。

奧蒂斯夫人忽然看到地板上有一塊暗紅色的污漬，就在壁爐邊上，她也沒多想這污漬可能是什麼，順口就跟厄姆尼太太說，「這裏好像灑了不知什麼在這上面。」

「沒錯，夫人，」老管家用低低的聲音回答，「那裏灑的是血。」

「真可怕！」奧蒂斯夫人拉高聲音，「我可不喜歡起居室有血漬。馬上擦掉。」

老婦臉上微微一笑，還是用她低沉、詭異的聲音回答，「這是艾蓮諾・德・坎特維爾夫人的血，她在一五七五年被她先生西蒙・德・坎特維爾爵士親手殺害。西蒙爵士事後九年忽然神祕失蹤，人始終沒找到，但負罪的魂魄始終在莊園裏面遊盪，沒有散去。遊客等人都很愛看那一塊血漬，而且，血漬也沒辦法擦掉。」

「胡說八道！」華盛頓・奧蒂斯高聲喝斥，「用平克頓[2]無敵去污劑和完美清潔劑馬上就可以清得一乾二淨，」嚇得失魂落魄的老管家還沒來得及阻止，他就已經跪在地板上面，拿小小一根像是黑色化妝品的東西用力搓地板。沒多久，血漬真的不留一絲痕跡。

「我就知道平克頓一定有辦法，」他說得好不得意，四下環顧他的家人，家人也無不報以欽佩的眼光。但他的話音才剛落下，就有一道可怕的閃電打亮黝暗的房間，一記霹靂的雷聲嚇得他們全都跳了起來，厄姆尼太太還當頭昏倒。

「什麼鬼天氣！」美國公使說得很平靜，點起一根長長的方頭雪茄。「我看是這老國家人太多，像樣的天氣不夠大家分。我一直主張，英國人唯有移民國外才是正途。」

「希朗親愛的啊，」奧蒂斯夫人喊他，「她昏倒了這是要怎麼辦啊？」

註2：平克頓（Pinkerton）——艾倫・平克頓（Allan Pinkerton, 1819-1884）開了美國史上第一家私家偵探社，名下有許多偵探小說。原籍蘇格蘭，後來移民美國，反對蓄奴制，於美國南北內戰期間，當過林肯總統的護衛。

「以打破東西要她賠來，」公使回答，「這樣，她以後絕對不會再昏倒，」沒多久，厄姆尼太太當然就醒了過來。不過，她那樣子絕對很慌亂沒錯，還嚴辭警告奧蒂斯先生要小心宅邸就會有麻煩了。

「那是我親眼見過的，老爺，」她說，「信基督一樣會嚇得寒毛直豎，我也被那可怕東西在這裏搞的花樣嚇得好多、好多天晚上不敢闔眼睡覺。」不過，奧蒂斯夫婦還是親切的安撫她，要這一位直言不諱的好心人兒相信他們根本就不怕鬼。然後，在祈求上蒼保佑她新來的老爺和夫人，也安排好加薪的事後，這一位老管家就蹣跚回她自己的房間去了。

2

當晚，屋外風雨肆虐，但沒有特別值得一提的事出現。不過，第二天早上，他們一家人下樓來吃早餐時，卻發現那一塊可怕的血漬又出現在地板上了。

「我看不會是完美清潔劑有問題，」華盛頓說，「那東西我什麼都擦過。一定是那個鬼搞的。」

他再一次把血漬擦掉，但隔天早上，血漬又出現了。第三天，血漬一樣重現，可是前一天晚上奧蒂斯先生親自把書房鎖好，還把鑰匙給帶上樓。這下子可勾起全家人的興趣；奧蒂斯先生開始懷疑他不承認有鬼存在是不是有先入為主之嫌，奧蒂斯夫人則說她想加入靈異協會（psychical society[3]），華盛頓擬了一封很長的信，給邁爾斯和波德摩兩位先生，討論和命案有關的血漬長久不去的問題。當天晚上，幽靈是否為客觀存在的疑慮，就此徹底打消。

那一天白天天氣暖和，陽光普照，等到傍晚涼爽一點後，他們全家就駕車出門兜風，直到九點才回家，吃一頓輕簡的晚餐。一家人的對話絕對沒扯到什麼妖魔鬼怪，所以絕對不會有所謂的「預期而至」的心理在作祟，這是看到靈異現象之前往往會有的基本條件。這話題他們就算談過，依後來我由奧蒂斯先生那裏得知，也只是有文化的上流美國人平常的閒聊而已；諸如女伶芬妮・戴文波特的演技比莎拉・勃恩哈特[4]要高明太多；玉米筍、蕎麥餅、玉米粥真難找，連最高級的英國店家也買不到；波士頓於世界魂[5]的進化有多重要；行李檢查系統對於搭火車旅行有什麼好處；紐約腔比起慢聲慢氣的倫敦腔又有多甜美。就是絕口沒提靈異什麼的，連拐個彎要和西蒙・德・坎特維爾那人沾上邊也沒有。十一點鐘，全家人各自回房就寢，到了十一點半，宅子裏的燈就全熄了。不知過了多久，奧蒂斯先生被走廊裏的怪聲音吵醒，怪聲音就

註3：靈異協會（psychical society）——英國於一八八二年由幾位著名思想家聯合成立了Society for Psychical Research，聲明以科學、中立的立場，研究靈異現象。該學會至今猶在。

註4：芬妮・戴文波特（1850-1898）——美國舞台劇女演員，生於倫敦，幼時隨家人移民美國，七歲即粉墨登場。莎拉・勃恩哈特（Sarah Bernhardt, 1844-1923）——法國舞台劇女演員，有「全世界最著名女伶」之稱，一八七〇年代於歐洲走紅，旋即紅遍歐美劇場。

註5：世界魂（world soul）——神祕學用語，指世間萬事、萬物、萬象同都籠罩在有智慧、有生命的萬有靈魂之下。

在他的房門外面。聽起來像是金屬碰撞的聲音，而且，每過一下就隔得更近一點。他馬上起床，擦亮一根火柴去看時間。一點整。他不覺得緊張，摸一下脈搏，一點也不激動。怪聲音還在，現在，他也聽到怪聲夾雜著腳步聲。他套上拖鞋，從他的梳妝盒裏拿出一個橢圓形的小瓶子，就把房門打開。他馬上就在黯淡的月光裏，看到眼前有一個老人，樣子很恐怖。兩隻眼睛紅得像火熱的煤炭，長長的灰髮垂在肩上、糾結成塊，身上穿的衣服是古代的樣式，又髒又破，而且，他的手腕和腳踝都繫著沉重的手銬和生鏽的腳鐐。

「我說老爺子您啊，」奧蒂斯先生跟他說，「我真的不跟您說一下要給您的鍊子上油不行了。我幫您拿了一罐坦慕尼旭日潤滑油[6]來了。聽說一擦見效，這東西在包裝紙上說的奇效，我們國家有好幾位德高望重的牧師都可以作見證呢。我就把它留在這臥室蠟燭的旁邊給你囉，若還有需要，但說無妨，我一定給你拿來。」美國公使說完這一番話，就把瓶子放在一張大理石桌上，轉身關上門上床睡也。

一時間，坎特維爾幽靈站在原地沒動，當然是氣沖牛斗。接著，他抓起那瓶子往光滑的地板上面用力一砸，就衝過走廊，一路發出低沉的咕噥，還帶出一道可怕的綠光。不過，他才衝到櫟木大樓梯頂，就有一扇門倏地打開，從裏面竄出來兩個穿著白袍的小小人影，還有一個大枕頭颼一下從他的頭頂上面飛過去！這下子應該是沒有時間讓他發愣了。所以，他趕快循第四度空間脫逃，穿過護牆板不見了，整棟宅子跟著就安靜了下來。

等他到了左翼廂房的一間小祕室，就往一道月光上靠，喘一口氣，開始想搞清楚他的處境。前所未有，在他連著三百年沒斷過的精采作鬼生涯裏，從沒遇過此等奇恥大辱！他想起了孀居的公爵夫人；她是站在鏡子前，一身蕾絲華服和鑽石，活活被他嚇到中風的。他想起了那四個女傭；他只是躲在一間空臥室的窗簾後面朝她們作鬼臉怪笑，就把她們嚇得歇斯底里。他想起了教區的牧師；他只是在他半夜從圖書室出來的時候把他手上的蠟燭給吹熄，就害得他後半輩子全要靠威廉・高爾[7]照顧，成了精神錯亂的絕佳烈士。他想起了年邁的泰默拉夫人；她是有一天很早起床，看到一具骷髏坐在壁爐邊的安樂椅上讀她的日記，就此臥床長達六週，患的是腦膜炎，而且，病癒之後，和教會重修舊好，斬斷她和無神論名家伏爾泰先生的關係。他想起了壞胚子坎特維爾爵爺；他在那恐怖的一晚被人發現在更衣室裏，幾近乎窒息，因為他喉頭塞了一張方塊傑克，臨死前，他坦白承認在克洛克福騙了查爾斯・詹姆斯・福克斯[8]五萬英鎊，而且，用的就是他喉頭的這同一張牌，他還矢口指認是有一個鬼硬逼他吞下紙

註6：坦慕尼旭日潤滑油（Tammany Rising Sun Lubricator）——坦慕尼社（Tammany Society）原為美國民主黨內的次級團體，成立於一七八九年，勢力壯盛，後於十九世紀因種種貪腐劣行而成為政治腐敗的同義詞。

註7：威廉・高爾（William Gull, 1816-1890）——英國醫生，晚年時，離奇懸案「開膛手傑克」（Jake the Ripper）的嫌犯矛頭一度對準了他。

註8：查爾斯・詹姆斯・福克斯（Charles James Fox, 1749-1806）——史上真有其人，生前是著名英國輝格黨人（Whig），以身在英國反對蓄奴制、支持美國獨立最為知名。

牌的。往日的豐功偉業一一重現心頭；像那個男管家因為在餐具室看到一隻綠色的手在窗櫺上敲，居然就飲彈自盡；那個美麗的司徒斐爾夫人[9]無論如何都要在脖子上戴一圈黑絲絨頸飾，為的是要蓋住烙在她白皙肌膚上的五個指印，而她後來終究在國王道（King's Walk）尾端的鯉魚池投潭自盡。他以十足藝術家恃才傲物的精神，再回想他那幾次的扛鼎之作，臉上不禁泛出一絲苦笑：像他最後一次扮「紅色魯本：死產的嬰兒」，他第一次扮「憔悴吉比恩：貝克斯雷沼澤吸血鬼」，還有一年在美好的六月天晚上，也不過是在草地網球場上拿自己的骨頭玩九柱戲（ninepins），就引起極大的騷動。有過這麼些往事的人，居然會碰到討厭的現代美國人跑過來拿旭日潤滑油給他，還有人拿枕頭扔他的腦袋！是可忍孰不可忍！不止，史上何曾有鬼遭人如此對待！於是，他下定決心不報此仇誓不為鬼，直到天色大白都還在沉思。

3

第二天早晨，奧蒂斯一家人齊聚早餐桌旁，針對屋裏的鬼有過詳細的討論。而美國公使發現他拿去送鬼的小禮居然見棄，當然小有不悅。

「我當然不希望那鬼有髮膚之傷，」他說，「我也一定要說清楚，有鑑於這一個鬼在這屋子裏也住了那麼久，我覺得拿枕頭扔他一點都不禮貌」——他說得義正辭嚴，只是，我不得不抱撼據實以告，這一番話可是聽得兩個雙胞胎大聲爆笑。「但話說回來，」公使再說，「他若真的不想用旭日潤滑油的話，那我們就應該要把他身上的手銬腳鐐給拿走。怎麼可能睡得著嘛，臥室外面那麼吵。」

然而，之後那一禮拜，什麼事也沒有，唯一引得起注意的就是圖書室地板上的血漬一再重現，未曾斷過。一定如此；這還真是非常奇怪，因為奧蒂斯先生晚上一定親自把圖書室鎖好，窗戶也一定關著緊緊的。還有，血漬的顏色有變色龍的本事，也帶動不少評論。有幾天早上是暗紅的顏色（幾近印度紅），之後變成朱紅色，再而後是艷紫色，後來有一天，他們一家人下樓來一起祈禱，這是「自由美國改良聖公會」的簡單儀式，卻發現血漬變成了鮮艷的翠綠色。這般千變萬化，當然看得大家心花怒放，每一天晚上都要拿這來好好打賭一番。唯獨小維吉妮亞絕不拿這一件事來說笑；也不知是為了什麼，她一見到血漬，臉色就顯得很苦惱，血漬變成翠綠色的那一天早上，她還差一點就要哭出來了。

這一個鬼再度現身，是在禮拜天的晚上。就在他們一家人上床後沒多久，大廳忽然傳來驚天動地的巨響，嚇醒了大家。大夥兒衝到樓下，看到一副很大的古盔甲從立座上摔落，倒在石板地上，而那一個坎特維爾幽靈就正坐在一張高背椅子上，揉他的兩個膝蓋，臉上的表情煞是痛苦。兩個雙胞胎下樓時帶了玩具槍在身邊，馬上舉槍朝他

註9：司徒斐爾夫人（Lady Stutfield）——王爾德一八九三年有一齣戲〈無足輕重的女人〉（*A Woman of No Importance*）裏有一角色就叫這名字，性子懦弱。

發射，兩發都射得很準；這可是拿書法老師當靶子正經練了很久才有的身手。至於公使本人，則是用一柄左輪手槍比著他，依加州的禮數，喝令他舉起手來！那鬼氣得大叫，飛身而起，化作一股煙，從他們身上穿行而過，掃過去時，還把華盛頓・奧蒂斯手上拿的蠟燭給吹熄了，把眾人留在一片漆黑裏面。那鬼衝到樓梯頂時，終於鎮定下來，決心使出他有名的魔音穿腦尖聲鬼笑，讓這一家子知道厲害！這一絕招他以前用過不只一次，效果奇佳。據說瑞克爵爺[10]的假髮就是被他這一嚇於一夕間之全告花白，當然，還有坎特維爾夫人聘過的三名法國女家庭教師，還沒任教滿月就跟夫人給過警告。於是，他發出狂笑，極盡恐怖之能事，笑得聲震屋宇，響徹宅邸的古老拱頂，迴聲不斷。只是，恐怖的迴聲還沒全部褪盡，房門就倏地開了，奧蒂斯夫人出現在他面前，身上是一襲淡藍色的睡袍。

「我擔心您情況不太好，」她說，「特地替您拿了一瓶竇貝爾醫生的藥水來。若是消化不良的問題，那他這藥是最有效的啦。」

那鬼怒不可遏，睜大眼睛瞪著她看，準備要變身化作一隻大黑狗。這也是他很出名的絕招，而且名至實歸；坎特維爾爵爺的舅舅，湯瑪士・霍頓大人，後來罹患永久性癡呆，他們的家庭醫生就把病因歸咎於此。只不過，這時傳來了腳步聲，愈來愈近，害得這鬼使壞的企圖一時遲疑，只好退而求其次，化作一縷淡淡的磷煙，趕在那兩個雙胞胎逮住他之前消失於無形，臨行還發出低沉的咕噥，像是從墓裏來的。

他一回到自己的房裏，就再也控制不了，萬分激動，不能自已。那兩個頑皮搗蛋的雙胞胎、滿腦子噁心唯物論的奧蒂斯先生，是都很討厭沒錯，但他最受不了的還是那一副鎧甲他居然穿不動。他原本是希望這一家子現代美國人看到身穿盔甲的幽靈多少也要緊張一下吧，就算沒有別的實際理由，起碼也對他們的愛國英雄詩人朗費羅[11]表示一點敬意吧，坎特維爾一家人進城去時，他就是靠朗費羅優美、迷人的詩作在打發無聊的時光的。何況，那一副鎧甲本來就是他的。他就是穿了這一副鎧甲出席肯尼爾渥斯[12]比武大會，博得很好的評價，連位高權重如童貞女王[13]者都曾大力讚揚呢。但剛才他要穿時，整個人卻被那一大塊護胸甲和金鋼打造的頭盔壓得朝石板地面重重摔下去，兩個膝蓋都有嚴重的擦傷，右手的指節也都有瘀青。

之後連著幾天，他都病得很重，幾乎沒出房門一步，只有去替血漬作復原時例外。不過，他經過好好休養生息，很快就痊癒了，也決定要再而三去嚇那美國公使一家。他挑中八月十七日星期五這一天，作他復行視事之日。那一天絕大部份的時間他都在房裏翻箱倒櫃，好不容易看中一頂有紅色羽毛的寬大垂邊軟帽，一件袖口和領口都有荷葉邊的壽衣，再加一柄生鏽的匕首。時間近傍晚時，屋外起了猛烈的暴風雨，風勢

註10：瑞克爵爺（Lord Raker）——rake有梳子意。
註11：詩人朗費羅（Henry Wadsworth Longfellow, 1807-1882）——美國詩人。
註12：肯尼爾渥斯（Kenilworth）——英國古城堡，是英國目前最大的古堡遺跡。
註13：童貞女王（Virgin Queen）——指終生未嫁的英國女王伊麗莎白一世。

強勁，吹得老宅子的門窗嘎嘎作響，不停震動。說實在的，這才是他最愛的天氣。他的作戰計劃如下。先悄悄潛進華盛頓・奥蒂斯的房間，站在床腳朝他嘰哩咕嚕亂講一通，然後用匕首朝他的喉嚨連刺三次，要用古典樂的慢板節奏。他對華盛頓特別記恨，因為，一定要把坎特維爾莊園鼎鼎有名的命案血漬給弄掉的人，他很清楚，就是這傢伙，用的也就是那平克頓完美清潔劑。待他把這一個血氣方剛、有勇無謀的小子整得三分不像人、七分倒像鬼後，就再到美國公使夫婦的臥室，拿他冷冰冰的一隻枯手搭在奧蒂斯夫人的額頭上面，同時對著她嚇得魂不附體的丈夫耳朵，嘶嘶細數積骨堂的種種可怕祕辛。至於小維吉妮亞嘛，他還沒抓定主意要怎麼嚇她。她從沒對他有過絲毫不敬，人又漂亮、溫婉。所以，他想呢，躲在衣櫥裏朝她低低咕噥幾聲，也就可以了；若這樣還嚇不醒她，可能就再伸出痲痺抽搐的手指頭去抓她的床單好了。至於那兩個雙胞胎，他就一定要好好教訓他們一頓不可。這首先第一樣呢，當然就是朝他們胸口一坐，讓他們嚐嚐夢魘罩頂沒辦法呼吸的滋味。再來，由於兩人的床靠得很近，他就可以站在兩張床中間，化身作全身綠光、冷冰冰的死屍，嚇得他們渾身無法動彈，再後來就可以把身上的壽衣丟掉，開始在他們臥室的地板四下亂爬，拿他一身慘白的枯骨和一顆亂滾的眼珠子，演一演「呆瓜丹尼爾：自殺的骷髏」，這角色他演過不只一次，次次都有很好的效果，在他自己的評價中，可以和他赫赫有名的「神經病馬丁：面具後的謎團」相提並論。

到了十點半時，他聽到他們一家人都上床去睡了。但之後還有好一陣子，那兩個雙胞胎尖聲大笑的音量搞得他好煩，這兩個有的還是小孩子無憂無慮的快樂心境，看來是要玩個夠才會入睡。不過，等到了十一點十五分的時候，整棟宅子就真的全靜下來了，再等到子夜鐘響，他便悄然出發，進行突擊。貓頭鷹朝窗櫺衝撞，烏鴉在老紫杉樹上嘎嘎亂叫，強風在屋宇四周呼嘯亂竄，像迷失四散的魂魄。唯獨奧蒂斯這一家子全都沉睡不醒，完全沒感覺到末日已到的異狀。而且，縱使屋外風雨咆哮，美國公使節奏穩定的如雷鼾聲還是聲聲入耳。他伸腳悄悄踩到牆飾板外面，冷酷、多皺的嘴角掛著一抹猙獰的笑，他欺身穿過那一扇大大的凸肚窗時，月娘趕忙以烏雲遮面，他自己家族的徽章和他殺害的亡妻家族徽章，就都畫在窗上，藍色和金色的。他悄然滑行又滑行，像邪靈的暗影，所經之處，連四下的漆黑彷彿也對他避之唯恐不及。途中，他一度以為像是聽到有東西在叫，便停下腳步，但那只是大紅農莊的一隻狗在吠而已。他再往前行，嘴裏不住叨唸十六世紀的古怪咒語，不時還要拿手裏的生鏽匕首在空中揮舞比劃。好不容易，他終於到了那個倒楣鬼華盛頓房門前面的走廊。他在那裏略停一下，狂風吹得他一頭灰白的散亂長髮在頭上亂飛，他身上悽慘到不忍卒睹的死人壽衣，也被吹得絞成奇形怪狀的一團團縐褶。這時，鐘聲又響，子夜過十五分。在他看是時候了。他在心底暗笑幾聲，舉步轉過廊角。但才剛轉過去，就發出淒厲的驚聲尖叫，往後連退幾步，嚇得慘白的一張臉蓋在一雙長長的枯骨手下。他面前就正站然驚見它的頭掉了下來，在地板上連滾了幾圈，它的身體往下一溜就躺在地板上面。他這才發現，他手裏抓的是一床白色的緹花布床帷，還有一根掃帚、一把切肉刀、一根挖空的蕪菁就在他的腳邊！他不懂這麼怪的變身法是怎麼回事，氣急敗壞之餘抓起那一塊板子，就在灰濛濛的晨光裏，看到這些氣死人的字：

喂，奧蒂斯公館之鬼
僅此唯一貨真價實的幽靈
小心假鬼
其他全都不是真品

先前的事情在他眼前一一掠過。他被矇了，被騙了，被他們耍得團團轉！老坎特維爾的眼神重現他的雙眼，沒牙的嘴狠狠一咬。他抬起枯瘦的雙手，高舉過頭，怒聲發下毒誓。依照遠古學派作過的生動描述，公雞一揚起快樂的號角，啼叫兩次，血腥之舉就已鑄成，凶殺也可踩著無聲的腳步逍遙法外。

他還沒把毒誓唸完，就聽到有雞啼從遠處一棟紅瓦屋頂的農舍傳來。他笑了一下，長長、低低、懷恨的笑，然後豎著耳朵等。一小時過去，又一小時過去，他等了又等，那一隻公雞不知出了什麼怪事，居然始終沒再吭上一聲。等到最後，時間都到了七點半，打掃女傭來了，他做的這可怕守望乃不得不就此打住。他悄悄回到他的房間，想著他破滅的希望，想著他功敗垂成的計劃。他在房裏找了幾本講古代騎士的書，都是他喜歡透了的書，翻書一查，發現他要用的這一套毒誓每一次用的時候，公雞沒有不叫第二次的。

「你這一隻搗蛋雞給我下地獄！」他低聲罵道，「總有一天要用我粗粗大大的矛一記刺穿牠的咽喉，要牠好好給我一直叫，至死方休！」

接著他鑽進一具很舒適的鉛棺材，躺在裏面等夜色降臨。

4

第二天，這鬼又虛弱，又疲累。之前這四個禮拜他飽經折騰，終於開始要他付出代價了。他的神經被磨得脆弱不堪，一有聲響，再小也會嚇他一跳。一連五天他都沒出房門一步，後來終於痛下決心，不要再管圖書室地板上的血漬了。既然奧蒂斯一家子不想要，那就沒資格擁有。他們顯然都是低級、拜物的生命體，沒有能力欣賞心靈現象的象徵價值。靈異幻象和靈體的發展，當然是很不一樣的東西，其實，還根本不是他可以控制的。每一禮拜要在走廊上出現一次，是他嚴肅的使命，每個月的第一個和第三個禮拜三要隔著大凸肚窗咕噥呻吟，也是。而他實在看不出來有什麼辦法可以擺脫這些使命又不會丟臉。沒錯，他的人生很邪惡，但是，話說回來，和靈異有關的一切裏，他還算是最有良心的喲。也因此，接下來三個禮拜的每一個禮拜六，他還是跟平常一樣，在子夜和三點之間，沿著走廊走過一回，但盡可能小心不讓人聽到或看到。他脫掉腳上的靴子，踩在有蛀蟲的老舊木板地面上時也盡量放輕，他還改披一襲寬大的黑色絲絨斗篷，也拿旭日潤滑油來為他的手銬腳鐐上油。在此我也不得不承認，要他做這最後一道預防措施，還真是大大為難他了。不過，有一天晚上，他還是趁奧蒂斯一家共進晚餐的時候，偷偷溜進奧蒂斯先生的臥室，把那一罐潤滑油給拿走了。一開始他覺得很丟臉，但他也不是蠻不講理的人，事後還是承認，這發明不是沒有道理，而且，也頗能達到他要的效果。只是，儘管如此，要吃他豆腐的人並沒有就此放過他去。走廊上老是有人拉上繩子，害他摸黑走過時絆一大跤。有一次他扮「黑色以薩：霍格利林獵人」，就摔得很慘，因為踩到一截「牛油滑梯」：兩個雙胞胎弄出來的，從繡維室門口一直到櫟木樓梯頂。這一次受辱，他實在氣不過，就決心還是要作最後一擊，重振他的聲威和社會地位，他因此決定第二天晚上要去這兩個頑劣伊頓小子的房間好好拜訪一下，而且，要祭出他有名的絕活，扮成「魯莽魯道夫：沒有頭的伯爵」。

這角色他有七十年沒演過了。真要說來，打從這角色把嬌美的芭芭拉・莫迪什小姐嚇得猝然取消她和現在的坎特維爾爵爺的祖父的婚約之後，他就沒再扮演過了；莫迪什小姐跑掉後改和俊俏的傑克・凱索頓私奔到葛雷那格林[14]去，還公開聲明，說這世

註14：葛雷那格林（Gretna Green）——英格蘭和蘇格蘭交界的小村，由於兩地法律不同，以致這座小村因為結婚手續簡便而有「私奔天堂」的稱號。

上絕對不再會有什麼事可以逼她回頭去嫁他們那樣的人家，他們居然隨便讓他那一種恐怖的幽靈於夜色裏在露台上面徘徊。可憐那傑克後來在旺茲沃斯[15]，因決鬥被坎特維爾爵爺射殺，那一年還沒過去，芭芭拉小姐就在登橋泉[16]傷心致死。嗯，看起來還算是大獲全勝。不過，他這扮相的工，可是很困難的；就請各位包涵我把這一類戲班子的用語套在靈異史上最大的懸案上面吧；若要改用科學一點的名詞，那就說是超自然世界好了；他這扮相花了他足足三個小時才弄好呢。好不容易，萬事就緒，他看了自己的扮相也很高興。雖然和服裝配成一套的那雙大皮馬靴是嫌大了一點，原本是要兩把的大馬槍他也只找得到一把，但大體上，他很滿意。一待半夜過十五分，他便悄悄從護牆板滑了出去，躡手躡腳順著走廊走下去。才要走到雙胞胎的房門口時——在此要提一下，他們這房間叫作「藍色臥室」，以掛毯的顏色故也——就發現房門半開。由於想製造進去有懾人的聲勢，他伸手把房門推得大開，這時，一個沉沉的大水罐當頭砸下，淋得他全身濕透，水罐還差幾吋就砸中他的左肩。在這同時，他聽到有悶住的尖聲大笑從四柱床上傳了過來。他的神經禁不住這一嚇，一轉身就使盡吃奶的力氣衝回他的房間，到了第二天，就因為重感冒而臥床不起。這件事，唯一差堪告慰的是，他沒把他的頭也帶著過去，因為，若他帶了過去的話，後果可能就不堪設想了。

註15：旺茲沃斯（Wandsworth Commons）——位於倫敦西南泰晤士河南岸。
註16：登橋泉（Tunbridge Wells）——英國著名的礦泉勝地。

如今，他已然放棄嚇死這一家子無禮美國人的奢望，只求照常悄悄出巡走廊即可；而且，現在還要腳踏布條拖鞋，脖子上圍一條紅色的圍巾擋風，另外再隨身帶著一柄小型的火繩槍，以備又遭雙胞胎突擊時可以防身。但打垮他的最後一擊，還是在九月十九日出現。那一天，他下樓往大門的門廳走去，心裏有十足的把握，相信他到那裏去總該不會有人找他麻煩了吧。他還拿美國公使夫婦拍的大張薩隆尼（Saroni）相片挖苦取笑，自得其樂一番；兩夫婦的相片現已取代坎特維爾家族的畫像了。他那一天的打扮簡單但雅致，只披了一襲長長的裹屍布，有斑斑點點的墓穴污泥作點綴，下巴頦纏了一條黃色的亞麻手帕，隨身帶著一盞小油燈和一柄掘墓鏟。其實，他那一天作的打扮是「無墓孤魂約拿：徹爾西穀倉盜屍賊」。這是他扮得最出色的角色之一，也是坎特維爾家族無論如何都會永誌不忘的，因為，他們和鄰居魯佛爵爺吵架的真正原因就在這裏。那時候的時間應該約莫是凌晨兩點十五分吧，而且，依他看，奧蒂斯全家應該都睡得人事不知。只不過，他朝圖書室悠閒漫步過去，想去看看血漬還有沒有剩時，忽然間，從漆黑的角落蹦出兩個人影朝他撲將過來，兩人還都高舉著手，在頭上尖聲大叫，「哇——」，就正對著他的耳朵。

他嚇得驚惶失措——遇到那樣的情況會怕是很自然的——馬上轉身朝樓梯衝過去，卻看到華盛頓．奧蒂斯就站在那裏等他，手上還拿著一個大大的花園花灑。他就這樣被敵人團團圍住，進退無路，不得已，只好一頭鑽進大鐵爐，好在他運氣不錯，當時火爐沒點上，他再順著火爐排煙管的大煙囪逃回自己的房間，搞得渾身上下都是煙灰，髒亂不堪，心情大壞。

在這之後，就再也沒人見過他夜間出巡了。雙胞胎埋伏在暗處等了他好幾次，每一天晚上都要在走廊上灑果殼，把他們父母和傭人氣得要死，但都徒勞無功。看來很清楚，他傷心過度，不會再來了。奧蒂斯先生就此重拾他在寫的民主黨史鉅著，他已經動筆寫了有好幾年。奧蒂斯夫人則是辦了一場轟動的烤蛤野宴，全鄉都為之驚艷。三兄弟迷上了長曲棍球、尤克牌（euchre）和其他美國的國技；維吉妮亞則愛騎著她的小馬沿著鄉間小路馳騁，身邊有徹夏爾公爵為伴，那時，他是到坎特維爾莊園來過完他假期的最後一個禮拜。大家都覺得這鬼已經走了，其實，奧蒂斯先生還寫了一封信給坎特維爾爵爺告知此事，爵爺回信，對此消息表示莫大欣慰，也向公使尊貴的夫人致上最高的賀忱。

不過，奧蒂斯一家人都被騙了，因為，那鬼還在宅子裏沒走，雖然幾近乎老殘，但才不甘心就此住手，尤其是聽到宅子裏的客人有一位叫作徹夏爾公爵的；徹夏爾公爵有一個叔公，法蘭西斯·史蒂爾頓爵爺，有一次跟卡貝里上校用一百金幣打賭，賭他有辦法和坎特維爾幽靈擲骰子玩，但第二天早上卻躺在棋牌室的地板上面，全身癱瘓，無藥可救，此後雖然還活到很大的歲數，但終生除了「雙六」二字，沒辦法說出別的字來。這一件事在那時非常出名，不過，當然囉，為了維護兩戶貴族人家的家聲，各方竭盡所能要大家噤聲不提。這一件事的始末和相關的事情，可以在泰托爵爺[17]寫的《攝政王一幫人憶舊》裏面找到。所以，那鬼自然很是急著要證明他當年嚇倒史蒂爾頓家的人之威力猶在；而且，他和史蒂爾頓家族還有遠親的關係，他自己有一位表親梅開二度，嫁給了柏克利爵士，而大家都知道，徹夏爾公爵便是柏克利爵士的直系後裔。因此，他便作了準備，要扮成「吸血鬼修士：無情本篤會」，去嚇維吉妮亞的小情人。這角色有多可怕？史塔托[18]老夫人在一七六四年要命的除夕夜一看到他，就扯開喉嚨發出刺耳的尖叫，叫聲一路拔高，終至老夫人猝然倒地，中風，三天後棄世，死前還取消坎特維爾家人的繼承權——他們是和她關係最近的親屬——而把她所有的錢都留給她在倫敦的藥商。只不過，臨要出門前，他對那一對雙胞胎的懼意太深，絆住他沒辦法離開房間半步，終究還是便宜了那小公爵好好躺在皇家臥室的大羽毛床帳下面沉睡，夢到維吉妮亞入夢來。

5

幾天過後，維吉妮亞和她一頭鬈髮的護花使者一同到布洛克利（Brockley）草原去騎馬。由於她在策馬越過一道矮樹籬時，扯破身上的騎裝，開裂得很嚴重，因此回到家後，決定從後門的樓梯回房裏去，免得被人瞧見。她從繡帷室敞開的門口跑過去時，倏地一瞥，像是看到裏面有人，她以為是她母親的女傭，她常把該做的活兒拿到這裏來做，便跑進去要央求她幫忙補衣裳。可是，她一進門就大吃一驚，因為，裏面那身影正是坎特維爾幽靈！他正靠坐在窗邊，凝望泛黃群木的金黃枯葉隨風飄舞，紅葉在長長的林蔭道上狂亂翻飛。他的頭枕在一隻手上，整個人的神態極其消沉。沒錯，他那神色之悽慘、蕭索，無以復加，小維吉妮亞雖然一開始的念頭是要轉身跑回房裏把門牢牢鎖上，這時卻看得滿心同情，決定要想辦法安慰他一下。她的腳步極輕，他的落寞極深，以致她開口講話，他才發現有她在身邊。

「我真的很替你難過，」她說，「我兄弟他們很快就要回伊頓去了，到時候，只要你循規蹈矩，就沒人會來煩你。」

他一回頭，看到這個漂亮的小女孩居然敢跑來跟他講話，十分驚訝。「要我循規蹈矩還真是滑天下之大稽，」他作了回答，「真的很滑稽。我合該要把手銬腳鐐弄得鏗鏘作響，我合該對著鑰匙孔嘰哩咕嚕，我合該在晚上四下亂走。妳若是指這些事的話。這些都是我存在的唯一理由欸。」

「你根本就沒理由存在！你自己也知道你有多壞！厄姆尼太太跟我說過了，我們搬進來的第一天她就說了，你殺了你太太。」

「喔，這我不用否認，」那鬼任性得頂嘴，「但那是家務事，干別人什麼事啊！」

註17：泰托爵爺（Lord Tattle）——tattle，有閒話之意。
註18：史塔托（Startup）——start up，意為嚇一跳。

「殺人就是滔天大罪，」維吉妮亞說。她有的時候還頗有一點清教徒的正經，煞是可愛，但不知是從哪一位新英格蘭的老祖先那裏得來的。

「喔，我最討厭用抽象道德空口說白話擺清高！我那老婆人長得實在普通，還從來就抓不準我的襞襟要怎麼漿才對，沒有一點烹飪的手藝！唉，我有一次在霍格利樹林射中了一隻公鹿，很漂亮的兩歲公鹿，妳知道她怎麼弄得端上桌來的嗎？不管了，現在都不重要了，反正都過去了。我還是覺得她哥哥把我活活餓死很不應該，雖然人真的是我殺的。」

「活活餓死？喔，活見鬼啊，不是，我是說西蒙爵士，你餓不餓啊？我匣子裏還有一個三明治，你要不要吃？」

「不用，謝謝妳，現在我什麼也不吃了。不過，不管怎樣，妳真好心。妳比妳家其他的那幾個討厭、不懂禮貌、下流、不誠實的人都要好太多了。」

「閉嘴！」維吉妮亞腳一蹬，大罵，「你才不懂禮貌！討厭！下流！還說別人不誠實，你不會不知道偷偷從我的盒子拿顏料去補圖書室笑死人的血漬的人就是你嗎！先把我的紅色全用光了，連朱紅色也沒了，害我沒辦法畫夕陽，然後又拿我的翠綠色，我的鉻黃色，弄到最後我只剩靛青和鉛白可以用，只好只畫晚上的月亮，你知道那樣的景色看起來心情會有多壞嗎？而且，還很難畫欸！可是我再氣我也沒告你的狀，還有，真的很好笑欸，這整件事！有誰聽過翠綠色的血啊！」

「喔，妳說看看嘛，」那鬼答得有一點委屈，「那我又能怎樣？現在這年頭要弄到真人的血很難欸，而且，是你哥哥先拿他那完美清潔劑起的頭啊，那我怎麼會沒理由去拿妳的顏料來用！至於顏色嘛，那不向來都是品味的問題嗎？——像坎特維爾家的人都是藍色血[19]，全英格蘭最藍的。啊，我知道你們美國人不管這樣的事啦！」

「你哪知道什麼啊！我看你最好要趕快移民，改良你的腦袋瓜子。我爸爸巴不得免費送你一程，只是，不管是什麼樣的酒啊鬼的[20]，關稅都很重，不過，海關那邊應該沒有問題，因為，現在那裏的官員都是民主黨的。一到紐約，你一定會大紅特紅。我知道有很多人願意花一百塊錢買人來當他爺爺，若說是買鬼回家裏住，花再多也願意。」

「我看我不會喜歡美國那地方的。」

「可能跟我們沒有廢墟、沒有骨董有關係吧，」維吉妮亞語帶諷刺。

「沒有廢墟！沒有骨董！」那鬼回嘴，「你們有海軍，你們是禮義之邦！」

「那晚安吧，我這就去找我爸爸要他幫雙胞胎多要一個禮拜的假！」

「拜託不要走啦！維吉妮亞小姐，」那鬼大聲哀求，「我好寂寞，好痛苦，不知道該怎麼辦啊！想上床去睡但沒辦法睡。」

註19：藍色血（blue blood）——貴族血統。
註20：鬼（spirits）——spirits：酒。

「那就怪了。你只要爬上床吹掉蠟燭不就得了。有的時候硬撐著不睡才難咧，像是上教堂的時候就特別難。但睡覺這一件事其實根本沒什麼難的。唉喲，連小寶寶也知道怎麼睡覺的嘛，小寶寶還都不怎麼聰明的欸。」

「我已經三百年沒睡過覺了，」他說得好悽慘，維吉妮亞好不驚訝，漂亮的藍色眼睛睜得斗大。「我已經三百年沒睡過覺了，好累啊！」

維吉妮亞現在變得比較嚴肅了，小小的嘴微微顫抖，像玫瑰花瓣。她朝他走去，跪在他身邊，抬眼看著他乾癟的老臉。

「我可憐、好可憐的鬼啊！」她低聲呢喃，「你就沒有地方可以讓你睡覺的麼？」

「很遠的地方，松林再過去那邊，」他回答的聲音低低的，像作夢的囈語，「有一座小花園。草長得又高又密，開了一朵朵大大的、像星星的白色鐵杉花，夜鶯整晚唱個不停。整晚唱個不停，冷冷的，像水晶的月亮俯視大地，紫杉木粗大的枝椏向外伸展，護住下面長眠的人。」

維吉妮亞雙眼泛起了淚光，伸手蓋住臉龐。

「你說的是死亡花園，」她輕聲說道。

「沒錯，死亡。死亡一定很美。可以躺在鬆軟的褐色泥土下面，綠草在你的頭上輕輕搖曳，耳裏聽的都是靜謐。沒有昨天，沒有明天。忘記時間，忘記人生，永享平靜。妳幫得上忙的啊。妳可以幫我打開死亡之屋的大門。因為，愛和妳常相左右，而愛的力量比死亡還要強大。」

維吉妮亞渾身觳觫，一陣寒意竄過她的全身。一時間四下沉寂。她只覺得自己像是在作很可怕的噩夢。

之後，那鬼先開口講話，聲音像風裏的低歎。

「妳看過圖書室窗口上寫的古老預言嗎？」

「喔，常看啊，」小女孩喊道，抬起眼來，「那我很熟。用很奇怪的黑體字寫的，不太好認。只有六行：

一待金髮少女得到
　罪人親口作出祈禱，
一待枯槁杏木結果，
　小小孩童眼淚掉落，
　　屆時屋宇率皆止息，
　　坎特維爾平靜長棲。

但我看不懂是什麼意思。」

「那意思是，」他神色慘澹，「妳要為我犯下的罪掉淚，因為我自己沒有眼淚；妳要和我一起為我的靈魂祈禱，因為我自己沒有信仰，而且，妳若永保溫婉、美好、良善的心，那死亡的天使就會慈悲待我。妳會看到黑暗裏有恐怖的影像，會聽到耳中有邪惡的低語傾訴，但那些都不會傷害到妳，因為，地獄的力量無法贏過小小孩童純潔的心靈。」

維吉妮亞沒有回答，那鬼雙手交握絞扭，看著她低垂的金髮頭顱，心頭湧上猛烈的絕望。但忽然間，她站了起來，臉色慘白，雙眼閃著異樣的光。「我不怕，」她語氣堅定，「我會求天使慈悲待你。」

他輕輕一聲驚呼，無限欣喜，一骨碌從座位上站起來，牽起她的一隻手，以老式的優雅動作，彎腰低頭輕吻了一下。他的手指頭冷得跟冰一樣，嘴唇滾燙似火，但維吉妮亞一點也沒有退縮，由他牽著走過灰濛濛的房間。褪色的綠色繡帷上面繡著小小的獵人。這一個個獵人吹響手上垂著綬帶的號角，揮手要她回頭。「回頭吧，小小維吉妮亞，」他們喊她，「回頭！」但那鬼抓著她的手握得更緊，她閉上眼，不去看那些獵人。駭人的野獸拖著蜥蜴尾巴，睜著圓滾滾的大眼，從煙囪壁面的雕花朝她眨眼睛，低聲督促，「小心哪，小小維吉妮亞，小心哪！我們可能就此永別！」那鬼往前滑行的腳步更加快速，維吉妮亞沒把牠們的話聽進去。等到兩人來到房間的最裏面，他停下腳來，咕噥了幾個字，她聽不懂。她睜開眼睛，便看到牆壁像霧氣一般慢慢朝後褪去，眼前出現了一個很大的黑洞。刺骨的寒風在兩人身邊狂掃，她感覺到有東西在扯她的衣裳。

「快，快啊！」那幽靈喊她，「再不走就來不及了，」剎時，牆飾板就在他們身後闔了起來，繡帷房裏空無一人。

6

約十分鐘過後，茶點時間的鈴響了，但維吉妮亞沒下樓來。奧蒂斯夫人差家裏的一個男僕去叫她。過了一會兒男僕回來，說到處都找不到維吉妮亞小姐。由於她有習慣每天傍晚要到花園去摘一把鮮花回來放在晚餐桌上，因此，奧蒂斯夫人一開始一點也不擔心。但等到六點鐘響，維吉妮亞還是不見人影，她就開始緊張了，相當激動，要幾個兒子趕快出門去找維吉妮亞，她自己和奧蒂斯先生則在宅子裏找遍每一間房間。到了六點半，幾個兒子回來了，說到處都沒看到維吉妮亞到哪兒去了。這下子全家人都緊張得不得了，不知如何是好，後來，奧蒂斯先生忽然想起，幾天以前，他才剛答應一群吉普賽人在莊園裏紮營。於是他馬上趕到布雷斐爾空地去，他知道他們在那裏紮營，去時還帶了他的長子和農場的兩名工人。小徹夏爾公爵那時已經急得跟瘋子差不多，苦苦哀求他也要跟去，但奧蒂斯先生不准，就怕到時候雙方會打架。不過，等一行人趕到了那裏，卻發現吉普賽人已經走了。而且看來走得突然，因為營火還沒全滅，也有盤子扔在草地上面。奧蒂斯先生要華盛頓和兩名農場工人在那一帶繼續搜尋，自己衝回家，發電報通知郡裏警察局的巡官，要他們幫忙尋找一名小女孩，小女孩可能遭游民或者是吉普賽人綁架。接著他要家僕幫他備馬，先極力安撫妻子和三名兒子好好坐下來吃晚餐，就和一名馬伕一起騎馬沿著艾斯卡路疾馳。不過，才騎了不到兩哩，他就聽到身後有人騎馬追來，一回頭，就看到小公爵騎著他的小馬趕了過來，臉色漲得通紅，頭上沒戴帽子。

「真是很對不起，奧蒂斯先生，」少年氣喘如牛，「但是維吉妮亞沒找到人我吃不下東西。拜託您先別生氣，去年您若答應我們兩個訂婚，現在根本不會有這樣的麻煩。您不會趕我回去，對吧？我不要走！我絕不走！」

公使看著眼前這個俊俏的小無賴，忍不住笑意，也對他對維吉妮亞的癡情很感動，因此，歪著身子從他的馬背上靠過去，在他肩上拍了一拍，很是慈祥，說，「嗯，塞昔爾，你若不走，那我想你不跟著我也不行囉，但等到了艾斯卡，是一定要先替你弄一頂帽子戴。」

「管那帽子去死！我只要維吉妮亞！」小公爵笑著喊道，幾個人就策馬朝火車站馳騁而去。到了那裏，奧蒂斯先生問站長有沒有在月台上看到有長得像維吉妮亞的少女，但都沒問到和她有關的消息。不過，站長沿線發了電報，跟奧蒂斯先生保證大家會密切留意像維吉妮亞模樣的少女。奧蒂斯先生先向一名襯衣商人買了一頂帽子給小公爵戴，那時那商人才剛拉下簾子要關門。之後，他們就再策馬趕到貝克斯利（Bexley）去，那是四哩外的一座小村，他聽人說那裏是很有名的吉普賽人巢穴，旁邊就是一大片公地。他們到了那裏，叫醒了村裏的警察，但問不出來一點消息，等到再於公地四下巡視一遍，一行人終於把馬頭掉轉，朝回家的方向去。在約十一點時回到了莊園，累得要死，心也要碎了。他們一到，就發現華盛頓和一對雙胞胎提著油燈在門房的小屋裏等他們，因為林蔭路很暗。沒看到一點維吉妮亞的形跡。那一群吉普賽人在布洛斯利（Broxley）草原找到了，但維吉妮亞沒跟他們在一起，他們對忽然拔營離開也提出解釋，說是弄錯了喬爾頓園遊會（Chorton Fair）的日期，所以急著要走，免得趕不上。其實他們聽到維吉妮亞失蹤，也都很難過，因為他們很感謝奧蒂斯先生允許他們在他的莊園裏紮營，因此他們也留了四個人下來幫忙找人。鯉魚池子已經搜過，一大片莊園也由裏到外翻過一遍，就是一無所獲。看來，維吉妮亞是真找不到了，至少那一晚是如此。奧蒂斯先生帶著幾個孩子往宅子走過去，馬伕牽著兩匹駿馬和一匹小馬跟在後面，一行人心頭無限沉重。他們一進門廳，就見一群僕人神色驚恐，而可憐奧蒂斯夫人在圖書室裏躺在長沙發上，害怕、焦急到都要瘋了，老管家正在用古龍水擦拭她的額頭。奧蒂斯先生見狀，便要她無論如何都要進食，也下令端上晚餐，讓大夥兒用餐。但這一餐吃得很淒涼，幾乎沒人開口說一句話，連兩個雙胞胎都嚇到了，變得很乖，因為他們都很喜歡他們姊姊。等吃完晚餐，奧蒂斯先生不管小公爵如何哀求，下令全家都上床去睡，說當晚大家已經無計可施，等天一亮，他就會發電報給蘇格蘭警場，要他們馬上派幾名警探過來。一夥兒人魚貫走出餐廳，這時，亮的蠟燭跟在後面，那是他臨時從桌上隨手抓來的。最後，一行人走到一扇大大的櫟木門前，門上鑲著一根根生鏽的鐵釘。維吉妮亞伸手輕輕一碰，沉沉的鉸鍊就一轉，門跟著開了，眾人眼前就出現一間低矮的小房間，拱頂式屋頂，只開了一扇小小的鐵柵欄窗。牆上嵌著一具大大的鐵環，一具枯骨由一根鐵鍊拴在鐵環上，枯骨在石板地上伸手伸腳，像是要用它沒有血肉的手指頭去抓地上的一個古老木盤和水壺，木盤和水壺都放在他搆不著的地方。水壺看來以前裝滿過水，因為裏面長了一層綠色的霉。木盤上面就什麼也沒有，只剩一撮灰。維吉妮亞跪在枯骨旁邊，兩隻小手闔掌開始默禱，其他人則是驚疑不已，呆呆看著一齣慘劇暗藏多年的祕密揭露在他們眼前。

「唉呀！」雙胞胎忽然有一人大喊出聲，他正攀在窗邊朝外看，想弄清楚這小房間是在宅子的哪一邊。「唉呀！那一棵枯掉的杏樹開花了！在月光裏那些花看得很清楚哪！」

「上帝已經原諒他了，」維吉妮亞鄭重說道，同時站起身來，臉上像是映上了美麗的光。

「妳真是天使！」年輕的公爵輕呼一聲，伸手攬住她的頸項，吻她。

7

這件怪事過後四天，坎特維爾莊園在夜間約十一點時，舉行了一場葬禮。靈車由八匹黑色駿馬拉著，每一匹頭上都有一大簇駝鳥羽毛作裝飾，隨著馬匹前進不住顫動，鉛棺上面蓋著一面艷紫色的棺罩，上面用金線繡著坎特維爾家的族徽。莊園的一群僕人手持火把跟在靈車和馬車旁邊徒步前進，送葬的行列相當壯觀。由坎特維爾爵爺擔任主祭；他是特地從威爾斯趕來參加葬禮的。他坐在第一輛車上，由小維吉妮亞作陪。其後是美國公使夫婦，再來是華盛頓和三個少年，最後一輛車坐的就是厄姆尼太太。大家是覺得她這一輩子被那鬼嚇了超過五十年，應該有權看他最後一眼。教堂墓園的一角已經挖好一個很深的墓穴，就挖在那一棵老紫杉樹下。告別式的禮拜由奧古斯都•丹皮耳牧師主持，極其感人。儀式結束後，莊園裏的僕人依坎特維爾家的古老習俗，熄了手上的火把，靈柩緩緩放入墓穴時，維吉妮亞往前踏上一步，把一具大十字架放在靈柩上面，十字架是由白色和粉紅色的杏花編成的。就在她擺上十字架時，月亮也從烏雲後面露臉，在小小的墓園裏，滿滿灑下沉靜的銀色月光，遠處的灌木林也有夜鶯開始歌唱。她想起那鬼描述的死亡花園，眼睛蒙上了一層淚光，返程回家時，幾乎沒說一句話。

第二天早晨，奧蒂斯先生趁坎特維爾爵爺要離開進城前，和他談了談那鬼送給維吉妮亞的那一盒珠寶。珠寶都很華貴，尤其是有一串紅寶石項鍊鑲在威尼斯基座上，真是十六世紀做工的極品，價值絕對很高，讓奧蒂斯先生有不少顧忌，不敢讓女兒接受。

「爵爺啊，」他說，「我知道永久保業[21]在這裏的人的看法不僅是用在土地上面，小玩意兒一樣適用，而我覺得呢，看來很清楚，這些珠寶是，或說應該是，府上的傳家寶。所以，我一定要請您收下，帶回倫敦，加入您的財產之內，只是您這財產是在很奇怪的狀況下歸還到您手上的罷了。至於小女呢，還是小孩子，到現在啊，叨天之幸，對這些算是身外之物的勞什子奢侈品還沒什麼興趣。內人也特別指點過我；她啊，不怕您見笑，在藝術方面還小有見識——小時候有幸在波士頓過了好幾年冬天——她跟我說，這些珠寶很值錢，若拿出去賣，準能賣到高價。所以，依這情況，坎特維爾爵爺，我想您應該就很清楚，我是不可能讓這些東西留在我家裏人手上的。而且，說實在的，這些無聊的俗氣便宜貨、小玩具，不管多適合英國貴族，對英國貴族的尊貴有多重要，放在從小依照簡樸、嚴肅、我相信也是不朽的共和精神長大的人身上，完全不協調。我可能還應該跟您提一下，小女維吉妮亞很盼您能准她留下盒子，當作您那一位誤入歧途的不幸先人的紀念。那盒子的年代太老，因此也壞得差不多了，或許您就不妨因此考慮答應小女之請吧。至於我呢，我承認，當初發現自己的孩子居然會對中古精神，不管是什樣子的中古精神，頗有好感，還真是吃了一驚。但再想一想，這也可能是因為維吉妮亞是在你們倫敦郊區出生的吧，那時內人才剛去雅典玩過沒多久。」

註21：永久保業（mortmain）——法律名詞，指永久保有的權力，引申有「舊勢力」、「牢不可破的惡勢力」等意思。

坎特維爾爵爺嚴肅聽完道貌岸然的公使把話說完，不時要扯一扯嘴上的花白八字鬍，蓋住忍俊不禁的笑意。等奧蒂斯先生終於講完了，他握住對方的手搖一搖，誠摯的說，「公使先生，您那迷人的小女兒幫了我不幸的先人西蒙爵士一個大忙，她有這麼不凡的勇氣和意志，我和全家族的人都虧欠她甚多。那些珠寶，絕對就是她的；而且，天可憐見，我敢說我若真沒心肝，居然去搶她的東西，那壞透了的老東西一定不到兩個禮拜就從墳裏爬出來搞得我生不如死。至於是不是傳家寶呢，只要是傳家寶，就應該明白寫在遺囑或是法律文件裏面的，但我們都不知道有這些珠寶啊。所以，我就跟您說明白了，那些東西我有沒有擁有權，跟貴府的男管家一樣。等維吉妮亞小姐長大後，我敢說她一定也會喜歡有漂亮東西可以戴在身上的。此外，您忘了麼，奧蒂斯先生，您當初說過連鬼也算進估價裏的啊，也因此，只要是那鬼的東西自然也都賣給了您。而且，不管西蒙爵士晚上在走廊上搞什麼鬼，就法律而言，他是真的死了，因此，您買下莊園的時候，也就買下了他的財產。」

坎特維爾爵爺如此拒絕，奧蒂斯先生大感為難，百般求他收回成命。但性情寬厚的貴族，意志也都相當堅定。最後，爵爺還是說服了公使讓他女兒留著那鬼送她的禮物。等到了一八九〇年，年輕的徹夏爾公爵夫人結婚時，在王后的第一會客室晉見王后所戴的珠寶，就成了眾人爭相讚賞的目標。因為，維吉妮亞是接受了那一頂冠狀頭飾；美國的善良小姑娘就會有這樣的福報。等到婚齡一到，她就嫁給了青梅竹馬的戀人。兩人都是萬人迷，又深愛彼此，人人樂見他們成此天作之合。唯有老鄧波頓侯爵夫人不以為然，她一直想撈住公爵當她未嫁的七名女兒之一的金龜婿，為此還辦了至少三場豪華的晚宴。另還有一人也是，很奇怪呢，就是奧蒂斯先生。奧蒂斯先生本人對年輕的公爵是中意得不得了，只是，他在理論上是反對頭銜的，而且，用他自己的話來說，「我還真沒辦法不擔心，貴族好逸惡勞的習性有委靡人心的作用，共和精神崇尚簡樸的正道會因此而被遺忘。」不過，他數次反對全被一一否決，而且，我相信，當他沿著漢諾威廣場（Hanover Square）的聖喬治教堂走道往前走時，看著靠在他身邊、搭著他手臂的女兒，全英國上下應該都找不到比他更得意的父親了。

公爵夫婦在度完蜜月之後，曾經回坎特維爾莊園一趟。他們抵達的那一天，兩人下午相偕散步到松林邊的寂寞教堂墓園去。當年，西蒙爵士的墓碑上要刻什麼字，有過很大的麻煩。但後來，還是決定只刻這一位老人家姓名的字首就好，再加上圖書室窗口的那一首詩。那一天，公爵夫人隨身帶了一束美麗的玫瑰花，她把花灑在墳上。他們兩人在墳前站了一會兒，就再漫步到老修道院的聖壇所廢墟。公爵夫人找了一根倒下來的柱子坐在上面，她丈夫則躺在她腳邊抽菸，癡癡看著她美麗的眼眸。忽然間，他把香菸一把丟開，抓住她的手，跟她說，「維吉妮亞，身為人妻，不該對丈夫有所隱瞞。」

「塞昔爾親愛的，我沒有事瞞著你啊。」

「有，妳有，」他笑著回答，「妳從沒跟我說妳和那鬼在一起時到底出了什麼事。」

「這我誰也沒說，」維吉妮亞說得很嚴肅。

「這我知道，但妳跟我講沒關係啊。」

「你別問我，塞昔爾，我又不能講。可憐西蒙爵士！我欠他好多。沒錯，你別笑！塞昔爾，我說真的。他讓我看清生命何謂，看清死亡又是何謂，看清何以愛的力量大過二者。」

公爵站起來，吻他的妻，無限愛憐。

「只要妳的心是我的，我就准妳擁有祕密，」他輕聲低語。

「這你放心，永遠如此，塞昔爾。」

「那妳總有一天會跟我們的孩子說吧，對不對？」

維吉妮亞羞紅了臉。

Escort

護航艦

姐芙妮・杜・莫里哀

Daphne du Maurier

5

妲芙妮・杜・莫里哀 Daphne du Maurier

生於一九〇七年，乃傑拉德・杜・莫里耶爵士（Sir Gerald du Maurier）之女。她以浪漫小說知名，例如《蝴蝶夢》（*Rebecca*）、《浮生夢》（*My Cousin Rachel*）、《法國人的小港灣》（*Frenchman's Creek*）、《牙買加小客棧》（*Jamaica Inn*），短篇小說最有名的選集則為《決裂點》（*The Breaking Point*）、《子夜前不宜》（*Not After Midnight*）。

鴉翼號沒什麼特別，這我可以跟你打包票。六、七千噸，建於一九二六年，隸屬兀鷹船業，註冊港：赫爾。勞氏船籍社（Lloyd's Register）裏查得到，看你要不要查。和同樣噸位的其他幾百艘流動貨船比起來，不太找得到差別。我上船後這三年，走的航線和水域都沒變，而且，我上船前它早就已經在跑了。它絕對還可以再這樣跑上很多年，最後跟老前輩鷗翼號一樣，在爛泥巴裏平靜終老；但若被幽靈艇[1]捷足先登，那就一切免談。

它倒是躲過一次，只是，下一次我們可就沒有護航艦了。在此我可能要先說清楚，我這人是絕對不會胡思亂想的。我叫作威廉・布倫特，大家都說我人如其名[2]。我最受不了聽人胡說八道，也沒工夫去管迷信不迷信。我父親是不從教派（Nonconformist）的牧師，這一點或許有一點關係吧。我跟各位說這些，是要證明我這人講話絕對可

註1：幽靈艇（U-Boat）——第一、第二次世界大戰把對手打得落花流水的德國U型潛艇，在此取其神出鬼沒的行徑加上U的發意，試改作「幽靈艇」。

註2：威廉・布倫特（William Blunt）——blunt一字形容性格有「魯直」意。

靠；現在介紹過我自己和船，就言歸正傳。

我們是在初秋離開北歐一處港口朝回程走的。我不跟各位說港口的名稱——可能會被審查員擋下——不過，打從戰爭開始，我們已經兩地來回過三次。由於戰事剛開始的時候還沒有護航艦隊，船長和我身上的壓力因此很大。我可沒意思要各位就此以為我們兩個，或者是其他船員，一有風吹草動就心驚膽戰，不過，北海在戰時絕非玫瑰花床，這一點我就言盡於此。

那一年十月下午我們離港之後，我不由得就覺得這一趟回程看來會很不好過；雖然我們那小個子的北歐舵手跟我說，有一艘格林斯比（Grimsby）的船，比我們早走六小時，神不知鬼不覺就被擊沉了，但我可沒那興致跟他來你們說的那一套插科打諢。他說納粹政府已經從無線電發出聲明，說北海已改名作日耳曼海（German Ocean），不容英國船隊染指。這一位舵手對這件事倒不覺得怎樣，反正他又不跟我們回去。他爬過船舷朝我們揮手道別時表情很開心，沒多久，他坐的小船就只剩一粒小黑點，在我們的船尾朝入港處飄。我們則是朝汪洋大海駛去，朝回程的航線走。

時間約是下午三點，海面非常平靜，陰沉，我記得我那時心裏還想，若有潛望鏡，應該不太可能漏掉沒看到吧；這樣，起碼不會神不知鬼不覺就被擊沉，但若溫度計直往下掉又開始起風的話，就不然了。不過，又不會發生的事淨拿來胡思亂想，也沒辦法壯膽啊——但聽到大管輪開始說潛艇有多危險，海軍大臣[3]在搞什麼鬼都不想點辦法？我就差一點要跟他發火了。

「你的工作就是好好維持鴉翼號老兄全速行駛趕快到家，投奔美女懷抱，對吧？」我說，「邱吉爾若要徵詢你的意見，一定會差人來找你的。」他沒再吭聲。我點起菸斗，朝駕駛台走去，要和船長換班。

我知道我這人沒有習慣特別去注意同船的弟兄怎樣，自然更不會注意到船長那一天不太對勁。他那人本來就從不多話。一交班就轉頭回船長室去，在他來說這根本就沒什麼。我知道只要有事他馬上就到。

入夜後變得很冷，後來開始飄下毛毛細雨。等到船遇到了長浪，就略有一點顛簸了。天色因為雨勢一片黑暗，連一顆星也看不到。秋夜在北方的水域當然都很暗，但那一夜的暗好像特別深濃。我心裏想，依這情況，要看到潛望鏡的機會不大；那也好，真要嚇也只有挨轟的爆炸聲來嚇。前幾天才聽人說過，幽靈艇載的是新式的魚雷，增壓過的；就是因為這樣，遇襲的船才會那麼快就沉沒。

鴉翼號若是正中央被打中，不出三、四分鐘就會下沉，我們可能連擊沉我們的船都沒看到呢。潛水艇會馬上趁黑揚長而去，才不會費力氣來救人。就算想要救人，也看不到；這麼黑！我看一眼掌舵的那人，威爾斯小個子，卡第夫（Cardiff）人。習慣每

註3：海軍大臣（Admiralty）——英國的海軍部長。

隔幾分鐘就把假牙吐出來再咔答吞回去。我們兩個的機會差不多相等；就他和我啊；兩個人並肩站在駕駛台。我就是在這時候忽然回頭，看到船長正站在船長室門口；不抓住東西站不住，滿臉漲得通紅，呼吸也很沉重。

「您不舒服嗎？船長？」我說。

「我側腹很痛，」他上氣不接下氣，「昨天開始的，我想是拉傷吧。現在痛得更厲害了，直不起腰來。你有阿斯匹靈嗎？」

那時，我心想的是阿斯匹靈個頭咧！他得的若不是急性盲腸炎我頭給你！我以前看過一個人這樣，他們火速送他到醫院，不出兩小時就動手術了，拿出一截盲腸，腫得有拳頭那麼大。

「您有體溫計嗎？」我問船長。

「有啊，」他說，「要那幹嘛？又沒發燒。我是拉傷，我跟你說。我只要幾粒阿斯匹靈。」

我替他量了體溫。一百零四。他的額頭直冒冷汗。我伸手碰一下他的腹部，硬梆梆的，像磚牆。我扶他回床上躺下，拿毯子替他蓋好。再要他喝下半杯純白蘭地。盲腸炎這樣子搞法，可能再糟不過，但是外科醫生遠在幾百哩外，你還是在戰時的北海正中央，也只能冒這樣的風險。

白蘭地是稍微壓下了一點痛，那時候重要的也就是這一點。不管船長的病況如何，結果於我都一樣。在這以後，鴉翼號就歸我在管了。而我的責任呢，就是要帶它通過潛水艇出沒的海域，安然返家。我，威廉・布倫特，有責任做到這一件事。

天氣冷到骨頭痛。我的手腳很早就凍得沒感覺了。我的身體在我的手腳該在的地方，是感覺得到一點點悶悶的痛，但那感覺很怪，好像跟我沒關係。好像是別人的，搞不好就是病倒的船長的；他正躺在船長室裏不住呻吟，沒人幫得上忙。我上一次去看他，約四十八小時前吧，就一直這樣了。他不歸我照顧，我也無能為力。是事務長在照顧他，用的是白蘭地加阿斯匹靈。我記得那時我還相當詫異，怎麼船長居然還沒死；好像事不關已一樣。

「您也該睡一下了，這樣下去不行的。您怎麼都不睡一下啊？」

還睡！麻煩就在這裏！那時我正搖搖晃晃，兩隻腳踩在昏睡的邊緣，而船可是歸我管的欸。就是在這當口，我左邊耳朵忽然響起這幾句，把我的魂給叫了回來。是卡特，二副。眉頭深鎖，一臉焦急。

「萬一你累倒了呢？」他在說，「那我要怎麼辦？你怎麼都不替我想一下。」

我回敬他一句找死啊，就用力踏步走出駕駛台，發麻的雙腳跟著就活了過來，也藉此稍微掩飾一下，免得被卡特看出來瞌睡蟲差一點就贏了。

「我會在駕駛台裏硬是連撐四十八小時，若不是因為想著你、你還以為我是想著誰？」我說，「那個厲害到尾纜掉了都不知道還拖著二號拖船在水上飄的人是誰？就上次在赫爾的事？你閉上狗嘴，去拿一杯茶和三明治來！」我頂回去。

我這一番話一定聽得他放下心上的大石，因為他朝我作一下鬼臉，就像跳匣小丑（Jack in the Box）一樣連蹦帶跳衝下樓梯。我沒離開駕駛台，眼睛卻依然緊盯前方在海面上掃瞄。也不知這樣子掃瞄有沒有十萬次了，但看到的始終是清一色的單調海面，暗暗的藍灰色，很平靜。西邊掛著低低的雲層，是霧還是風我看不出來，但就是慢慢愈積愈大。不過沒風吹來，溫度計也穩穩的沒往下掉。空氣裏倒是有一股氣味，有霧要來的前兆。我一口灌下那一杯茶，幾大口把三明治吞下肚，正伸手到口袋裏去找我的菸斗和火柴時，那東西就冒出來了。打從船長約四十八小時前病倒後，我就一直在訓練自己的眼力，就是要抓那東西。

「左舷有目標！距離四分之三哩。像是潛望鏡！」

話從船首樓前端的瞭望台傳來，再傳回艙面值班。我一把拿起望遠鏡，眼角的餘光看到船邊已經站了一排人，整齊劃一的還真奇怪，臉上的表情有急切，也有挑釁。沒錯，就在那裏。現在是千真萬確了。一道灰色的細線，像針頭，遠遠對著我們的左舷船頭，後面拖著一道窄窄的尾流，掀起鋸齒狀的水紋。我馬上就感覺到卡特又靠過來了，神情緊張，脖子伸得長長的。我注意到他把望遠鏡接過去看時，雙手微微發抖。我下達命令，將航向作必要的改變，也用發報機把航速的變化通報給下面的大管輪知道，然後再拿起望遠鏡來看。航向一改變，潛望鏡就變成在我們的正前方了，而且有好幾分鐘，那一道細線的方向始終沒變，像是不在乎我們有什麼動作。接著，我先前擔心的事來了，潛水艇跟我們一樣改變航向，潛望鏡直指向我們，來者不善的樣子，而且，這一次對準的是我們的右舷。

「它看到我們了，」卡特說。

「沒錯，」我回答，他抬眼看我，棕色的眼睛閃過一絲驚慌，像剛沒多大的長耳小獵犬。我們再改變一次航向，也再一次增加航速，這一次就變成了右舷對著那一根灰色的細針。這樣一來，它和我們之間的距離好像會拉大，而從我們後面掠過。但它反應很快，緊追不捨，馬上又對準了我們的船尾，小個子卡特開始罵人，罵得流利又兇狠；空罵一場也好，至少可以壓一壓心頭的恐懼。他的感覺我知道，心頭也驀地閃過我小時候聽我父親訓我說謊會有什麼下場的事，跟一般人說快要淹死的人會有的情況一樣。我就一邊回想早被我遺忘的這一幕往事，一邊再朝機房的通話口大喊，下令再度改變航速。

原本在下層當班的人，現在全都衝到上面來了。一群人在同一側的船舷排成一排，像被那一條灰色的細線給催眠了似的，看著那一條細線愈逼愈近，愈逼愈近。

「它要浮上來了，」卡特說，「你看那一條白沫。」

那一具潛望鏡已經變成和我們的船身平行，還超出一截。雙方的距離也已經拉到一哩開外，對著我們的左舷船頭。卡特說得沒錯。就在他發話的時候，它浮上來了。看得到平靜的海面開始翻攪、滾動，接著，想也知道，矮矮胖胖的潛望塔就用很慢的速度冒出了水面，緊接著是細細、長長的船身，像黑色的蛞蝓，從海底浮現，海水從甲板不斷往外翻騰。

「狗崽子！」卡特低聲自語，「殺千刀的死狗崽子！」

大夥兒全擠在我下面的甲板上看潛艇，而且全都臉色漠然，很怪，像在看戲，他們鸞不在乎的戲。我還看到有個人伸手指著潛水艇跟他旁邊的人說潛水艇的性能怎樣，說完再點一根菸抽。他身邊的人聽了大笑，朝船舷外的海面呸一聲吐了一口口水。只是，我擔心不知道他們有多少人會游泳。

我朝機房再下一次命令，就要甲板上的弟兄全都到救生艇去。接下來要再發什麼命令，就看潛水艇的指揮官怎麼做了。

「他們會轟掉救生艇的，」卡特說，「他們才不會讓我們逃命，他們會轟掉救生艇的。」

「唉呀，拜託你，」我忍不住了。看他面無人色的樣子，心頭一股無名火猛然就燒了起來，但這時我忽然看見一大團濃霧從船尾湧向前來。我肩膀用力一轉，把卡特推開，面向濃霧，「你看，」我說，「你看，」卡特看得張口結舌，臉上還浮起了傻笑。剎時，我們四周的能見度已經沒有兩邊的纜索寬了，也聞得到第一波濃霧帶酸的寒氣。我們罩在一團濃濁濕黏的霧氣裏面。才一下子，我們的後支索就看不到了。我聽到有弟兄拉高嗓子用假聲要帶頭唱滑稽小曲，卻馬上就被旁邊的人出聲制止。那一艘潛水艇就在我們前方，陰森森的，靜靜沒動，船身兩側的海水還是不斷往外翻騰，甲板上倒還沒看到人影，長長的船頭卻冷不防被一道光束罩住。接著，罩住我們的白色濃霧就再往前飄移，越過船頭，陰暗的天色沉沉壓下，我們身處的世界就這樣被蓋掉了。

再過兩分鐘就到半夜，我蹲低身子躲在駕駛台下面，打亮手電筒看錶。從看見潛水艇開始就沒再敲鐘報時過，到現在約莫有八小時。期間我們只能靜觀其變。濃霧帶來了黑暗，夜色提早降臨。到處死寂一片，只剩船隻在浪濤起伏的海面左右搖擺，不時發出吱吱嘎嘎的聲音。船已經停下，任由浪濤一下打這一邊，一下打另一邊。我們只能靜觀其變。寒氣已經沒先前那麼刺骨。空氣有潮濕、發黏的感覺。駕駛台下面的弟兄就算講話也把聲音壓得很低。我們還是只能靜觀其變。我一度走到船長室去探望臥病的船長，拿我的手電筒照一照，看他怎樣了。他整張臉泛紅，浮腫。鼻息沉重，緩慢。時睡時醒，偶而發出呻吟。他的眼睛是張開過一次，但沒認出我來。我再回到駕駛台。濃霧已經略有消散，看得到前支索和船首樓的前端。我走到甲板，把上半身伸到船舷外面。海潮往南去，力道很強。之前海潮是每三小時變一次，到了那一天晚上變第四次時，我開始算我們漂了多遠。我才轉身朝樓梯走去想回駕駛台，就聽到身後有腳步聲沿著甲板跑過來；有一個人急急朝我衝過來。

「船尾的霧要散了，」他氣喘噓噓的，「有東西朝我們右舷船尾來了。」

我跟他一起從甲板朝船尾跑過去，有一群人已經擠在船舷旁邊，嘰嘰喳喳的在講話。「是船沒錯，長官，」一人說道，「看起來像是芬蘭的三桅帆船，看得到帆。」

我跟著他們一起瞇眼望向漆黑。沒錯，在那裏，約一百碼外，直朝我們過來。很大的一艘三桅船，飽滿的船帆拉得很高。這時節有糧船？太晚了。搞什麼鬼，戰時還跑到這水域來幹嘛？要不然就是載木材的。可是，它看到我們了嗎？這才是重點。我們停在這裏沒動，燈全打熄了，躲在起起伏伏的海浪裏，全都是那死潛水艇害的。結果，現在反而眼看就快要和一艘古木材船相撞！

唉，但願我抓得準海潮和濃霧真的幫我們把敵人擋在幾哩外！那一艘船來得好快，很古老的船，天知道它是靠哪來的風在走的——我的左臉頰可是連一絲吹得熄蠟燭的風也感覺不到！以這速度，應該還會空出五十碼的距離吧，不會再多了，而且，還有那艘要命的潛水艇等在那邊漆黑一片的某處呢！這一艘芬蘭船準會直接向天國報到。

「好啦，」我說，「它看到我們了，會繞過去的。」它從我們的船身旁邊打橫開過去時，我在一片漆黑裏，只大概抓得到它的輪廓。很大，船舷很高，可能只載壓艙貨吧，要不然船身不會高出水面那麼多。我忘了這種船的後甲板很寬。它的桅杆也跟我記得的那一種乾乾淨淨的不一樣，索具一大堆，帆桁也特別長，這當然有其必要，一捆捆帆都那麼厚一疊。

「它沒要從我們旁邊過去，」有人說了，我也聽到有滑輪嘎啦啦彈跳、索具猛烈翻拍、粗大的帆桁甩來甩去的聲音。還有細細的高音，很特別，好像從很遠、很遠的地方來的，那是水手長的哨子嗎？但一團團濃霧又回來把我們重重裹住，遮掉了那一艘船。我們在漆黑裏用力睜大眼睛，但什麼也看不到。我才要轉身回駕駛台去，就聽到海面傳來微弱的人聲，在叫我們。

「各位是遇難了嗎？」那聲音喊道。不管這船是不芬蘭人的，至少，船上長官級的人倒還講得一口好英文，只是用語不常聽到。不過我還是擔心，沒有回答。停了一下沒聲音，接著那聲音又朝我們飄過來。「你們是哪裏的船？要到哪裏去？」

這時，我才要擋下，就聽到我們有一位弟兄放聲大喊作出了回答：「有一艘敵方的潛水艇浮出水面，我們前面約半哩。」有人趕忙堵住這個大笨蛋的嘴，但晚了半分鐘，不管怎樣，這下子我們的國籍是自動招了。

我們等著看會怎樣，一群人連根手指頭也沒動。四下寂靜無聲。沒多久，就聽到划槳打水的聲音，也有人在低聲講話。三桅船那邊派了一艘小艇過來我們這邊。這整件事感覺起來有一點鬼祟，怪怪的。我很不放心。我不喜歡這樣。我伸手，摸到了我身上左輪手槍硬硬的槍柄，心裏覺得安穩了一些。划槳打水的聲音愈來愈近。一艘長形、扁扁的小艇，從暗影裏現了形，像英格蘭西南部人的小舢舨，上面坐了六個人。船頭坐的那人手上提了一盞燈。船尾那人則是站著，我想是長官級的人吧。太黑了，

看不清楚他的臉。那一艘船駛近我們的船下，划槳的幾個人便停下手中的槳。

「艦長向各位問候，各位，你們是否需要護航？」那一名軍官問我們。

「搞什麼鬼！」我們這邊有人大喊一聲，但被我喝止。我傾身靠向船舷，伸手蓋在眼睛前面，擋下小艇油燈的光。

「您是誰啊？」我問道。

「我是亞瑟・密德梅上尉，隨時候教，長官，」那聲音作出回答。

他的口音不像外國人，這我可以發誓。但他的用語怎麼聽都覺得很怪。海軍裏的小軍官誰會這樣講話！準是海軍大臣買了一艘芬蘭的三桅帆船弄成這樣，跟上一次大戰馮・盧克納[4]搞的花樣一樣了，只是，看來這主意行不通。

「你們是偽裝的嗎？」我問。

「不好意思？」他的口氣有一點詫異。現在，他的英文聽起來就沒我先前想的那麼流利了。我再伸手搭在我的左輪手槍上面。「你該不會來尋我開心的吧？啊？」我挖苦他道。

「在下絕無此意，」那聲音回答，「容我再說一次，艦長向各位問候，承您告知敵軍就在我方近處，艦長吩咐在下向您提議由我們為各位護航。我們奉命只要發現商

註4：馮・盧克納（Felix Graf Von Luckner, 1886-1966）——第一次世界大戰的德國海軍名將，曾以軍艦偽裝商船突擊英國商船，造成重大損失，有「海魔」的諢號。

船，就須護送到安全的港口。」

「那是誰下的令？」我說。

「當然是喬治陛下[5]，」那聲音回答。

我想，應該就是在這時候吧，我第一次覺得有莫名的寒意觳觫竄過我的全身。我記得那時我費勁吞下一口口水，喉頭覺得很乾，一時間說不出話來。我看一下身邊環擁的兄弟，他們一個個臉上全都是愣愣的表情，目瞪口呆，不敢置信。

「他說是國王派他來的，」我身邊的一名弟兄開口了，但話說到後面音量變弱，充滿猶疑，最後沒了聲音。

我聽到卡特輕拍一下我的肩膀。「把他們打發走吧，」他壓低聲音跟我說，「看起來不太對勁，當心陷阱。」

跪在小舢舨船頭的那一個人，拿手上的燈照我的臉，照得我兩眼發花。那個年輕上尉一腳跨過划手座，把燈從那人手上拿下來。「您若心有疑慮，何不和我上船一探，親自和艦長談一談？」他說。

我還是看不清楚他的臉，但他脖子上套了一件斗篷似的大氅，拎著燈的手修長纖細。那一盞燈的光，照得我眼花瞭亂，痛得我好幾下子沒辦法說話或是思考，但接下來我卻回話了，連我自己都沒想到：「也好，那就請你們船上讓一讓吧。」

卡特伸手按住我的手臂。

「您瘋啦！」他說，「您不可以離開這船。」

我手臂一抖掙脫開他，也不知道為什麼我就是執意要去，反正我就是要去冒險一下。「船就交給你了，卡特」，我說，「我快去快回。你別拉我，笨！」

我下令放下船舷的繩梯，看到那幾個水手雖然聽令照做，但都張口結舌、一副蠢相，不僅覺得他們莫名其妙，也不免動了一點肝火。那時我就是很怪，有一股管它三七二十一的狠勁，喝得半醉通常就是這樣；而那時我也在心裏自忖，這是不是因為我已經超過四十八小時沒睡才會這樣？

我砰一下重重踏上小舢舨，摔進船尾那位軍官旁邊。小船上的划槳手一彎身，小船就開始破浪朝三桅船駛去。冷得骨頭痛。但是濕濕黏黏的感覺已經沒有了。我豎起衣領，想好好看一下身邊這一位的長相，但船上漆黑一片，我完全看不到他長得什麼模樣。

我伸手摸一下屁股下的座位。冷得跟冰一樣，一摸手都要凍住了，我趕忙把兩隻手插進口袋。那一股寒氣還穿過我身上的大衣直透到我的肌膚。我不禁牙齒打戰，想壓也壓不下來。坐在我前面的那傢伙正彎著腰用力划槳，是一個很粗獷的壯漢，肩膀寬得跟牛一樣。他把袖子捲到手肘上面，兩隻小手臂都露在外面。他嘴裏一直在輕輕吹

註5：喬治陛下——英國先後有六位喬治陛下，在位時期各為：1714-1727, 1727-1760, 1760-1820, 1820-1830, 1910-936, 1936-1952。

著口哨。

「你不冷啊？」我問他。

他沒回答，我再靠過去看他的臉。他直直看向我，好像眼前沒我這個人，逕自吹他的口哨。他的眼眶很凹，深陷在臉上。臉頰很凸，很高。頭上戴了一頂怪怪的直筒禮帽，墨黑油亮的。

「喂，」我拍一下他的膝蓋，「我可不是來平白讓你們耍的，你給我聽好。」

接著那一名上尉，自稱上尉的啦，在船尾從我身邊站起來，「喂！船上的人啊！」他仰起臉，兩隻手圈在嘴邊大喊，我這才發覺我們已經到了那一艘三桅船的下面，高高的船舷就聳立在我們面前。繩梯邊的舷墻出現了一盞燈，討厭的黃光又照得我眼花。

上尉一轉身，就攀著繩梯往上爬，我跟在他後面，七手八腳爬得很快，呼吸十分沉重，因為刺骨的寒氣籠罩全身，直接就竄進了喉嚨。等爬到了甲板，我稍微停了一下，因為側腹一陣劇痛，像被馬踢了一腳。就在這時，不住閃爍的油燈照出了怪怪的、半明半滅的光，我才發現這一艘船根本不是什麼芬蘭三桅船，沒載什麼木材，也不是只載壓艙貨的糧船，而是一艘武裝快船，一根根大砲往外伸。甲板都已經清空準備作戰，一名名官兵也都各就各位。景象十分忙碌，到處都有人在吆喝，船頭那邊有一人在發號施令，聲音很高、很尖。

船上的空氣好像有很濃的煙，聞起來有很重的臭味，酸酸的，全都罩在陰濕的寒氣裏面，我說不上來是怎麼回事。

「搞什麼？」我大喊，「搞什麼鬼？」沒人回答。四周的人影從我身邊掠過，有時還會碰到我，一個個彼此吆喝，打鬧。一個年約十三歲的小鬼從我身邊跑過去，身上一件藍色的短外套和白色的長褲。我附近也有一個人蹲在他管的大砲旁邊，高頭大馬的，一臉鬍鬚，跟我在小舢舨看到的划槳手一樣，頭上卻戴了一頂毛線帽，頂端還有一個絨毛球。就在看著眼前一團喧嘩、混亂之時，我又聽到了尖細的笛聲；水手長的哨子！我一轉身，就看一群人爭先恐後光腳朝後甲板跑過去，手上還都像是有金屬環似的，閃出亮光。

「艦長可以見您，請移步到後甲板，」上尉跟我說。

我跟在他後面，心裏又氣又困惑。卡特說的沒錯，我被耍了；只是，跟在上尉身後往前走時，我耳朵裏聽到的都是英語口音在甲板上喊來喊來，夾雜著很好笑、不常聽的髒話。

我們推開後甲板的門走進去，撲鼻而來的腐爛霉味變得更酸，更濃。裏面比外面還要暗。我眨一眨眼睛，發現那時我站的地方是一間大艙房的門口，只有一盞閃閃爍爍的油燈打光，艙房正中央擺了一張長桌，桌邊坐著一個人，坐在一張很好笑的高背椅上。另還有三、四個人站在他後面，但油燈的光只打在那一個人的臉上。他很瘦，很蒼白，一頭灰白的頭髮。由他臉上戴的那一塊東西，看得出來他瞎了一隻眼睛。但他另一隻眼睛盯著我看的神情，冷冷的，沒有表情，一副勢在必得、沒時間跟你囉嗦的氣勢。

「你叫什麼啊？老弟？」他說時一隻手不停在眼前的桌面上敲。

「威廉．布倫特，長官，」我發現我居然立正站好在作回答，頭上的帽子拿在手上，嘴乾舌燥，而且，那一股怪怪的陰森畏懼重又浮上了心頭。

「我聽說你報告說有敵艦就在附近？」

「是的，長官，」我說，「幾小時前，一艘潛水艇在離我們約一哩處浮上水面。它先跟了我們半小時才浮出水面。幸好那時候濃霧來了，幫我們擋下。時間約是下午四點半。在那之後，我們就一直停機，熄燈改隨水漂。」

他靜靜聽我說，站在他後面的那幾個人影動也沒動。他們文風不動的樣子，還有他默不作聲的樣子，都給人不祥的感覺，好像我說的話他們才不想理；不知道是不信還是不懂。

「本人很樂意提供援助，布倫特先生，」好不容易他才開了金口，我站在那裏只覺得彆扭，把帽子拿在手上轉圓圈。我現在知道他沒有捉弄我的意思了，但不懂他的船能幫我什麼？

「我不太懂，」我開口說，但他朝我舉起一隻手。

「只要你們由我保護，敵艦絕對沒辦法攻擊你們，」他說，「你們若願意由我護航，我很樂意將你們安全護送回英格蘭。霧是散了，幸好風向對我們還算有利。」

我再用力吞一下口水，不知道該怎麼回話。

「我們的航速是一十節，」我說得很彆扭，見他沒吭聲，就朝他的桌邊跨上一步，怕他沒聽到。

「萬一那擋路鬼還在呢？」我說，「那我們兩艘船就全都會被它活逮。像火柴棒一樣被轟得七零八落，我是說你們這一艘。你們保命的機會比我們還低。」

坐在桌邊的那人朝後往椅背上一靠，我也看到他臉上浮起了笑。「我遇到法軍從沒逃過，」他說。

我又聽到水手長的哨音，一大堆光腳丫踩在頭上的甲板，一陣啪答啪答亂響。彈簧門帶進來氣流，吹得油燈的火苗搖曳不定。艙房裏的霉味很重，很暗。我全身虛軟，感覺什麼都不對勁，喉頭像有東西堵住哽咽不出，想壓也壓不住。

「我願意接受您的護航，」我講得結結巴巴，而且，我才在講，他就從椅子上站起來，傾身朝我靠了過來。我看到他身上的藍色外衣褪得發白，胸前一排勳章。我看到他蒼白的臉靠在我眼前，看到他只剩一隻的藍色眼睛。我看到他臉上有笑，感覺有一隻手用力扶住我的手不讓我倒下去。

一定是他們把我扛上小船和繩梯的，因為，我再睜開眼睛時，只覺得後腦隱隱作痛，人是在自己船上的舷梯上面，船上的弟兄正在把我拖上船。我聽到划槳打水的聲音，那一艘小舢舨正要回三桅船去。

「謝天謝地你回來了！」卡特說，「他們是怎麼把你怎樣了啊？你那臉色跟死人一樣。他們是芬蘭人還是德國兵？」

「都不是，」我回他一句，懶得理他，「他們是英國人，我們的同胞。我見到了艦長。接受由他們護航回國。」

「你得了失心瘋啊？」

我沒回答，逕自爬上駕駛台，下令發動引擎啟程。沒錯，濃霧快要散去，在頭頂上看得到星斗乍現，閃閃爍爍。聽見船隻啟程的吵鬧，好不熟悉，剎時覺得十分放心。弟兄們興奮忙碌，推進器乘風破浪。心頭的那一股輕鬆難以言喻。不用再全都不可以出聲，不用再一整艘船停下來動也不動。壓力已經解除，大夥兒全都重現元氣，歡欣鼓舞，彼此說說笑笑。寒氣也已經不見，先前那麼久一直罩在我腦子、我身上的那一股很怪、昏死一般的疲憊感覺，也都不見了。手腳又都暖和了起來。

我們慢慢又再開始破浪前行，右舷前方約幾百碼外，看得到那一艘護航艦，白浪在它的船頭刷刷外翻，膨大像雲朵一般的船帆漲滿了風，只是，我們沒人感覺得到有風。我看到在我身邊的舵手不時用眼角偷瞄那一艘船，還會趁他以為我沒在看時，用手指頭沾一點口水伸在空中比一下。但一看到我在看他，手馬上就放下來，噘著嘴吹口哨，像在說他才沒怎樣。我不知道他是不是跟卡特一樣覺得我瘋了。我去看過船長一次。事務長陪在他身邊，我進去時，他馬上扭亮船長床頭的小燈。

「他退燒了，」他說，「終於可以自行入睡，我想他應該不會有事了。」

「對，我也看他不會有事，」我說。

我回到駕駛台，嘴裏也吹起了一首小曲，就是先前在小舢舨上聽過那水手吹的同一支曲子。曲調輕快活潑，而且，莫明其妙就覺得很耳熟，只是，我怎樣也想不出曲名來。霧已經散盡，滿天都是燦爛的星斗。我們現在全速前進，但幫我們護航的船還是和我們平行前進；真要算得精準的話，有的時候也只略超前我們一點點。

至於那一艘潛水艇是還浮在水面還是潛到水底去了，我不知道，也不在乎，因為，我現在滿心都是先前沒有的信心。而且，過了一陣子，我這信心好像也傳染給了我身邊的舵手，因為，他也開始衝著我擠眉弄眼，頭一歪，指向那一艘護航艦，說，「他們還真不是花拳繡腿，啊？」接著，跟我一樣開始吹起了那一首說不出名字的輕快曲子。唯獨卡特始終沉著一張臉，好像全都不干他的事。原先的擔心的神色換成了悶悶不樂。後來，我實在受夠了他板著一張臭臉呆呆看著海圖室的窗口，就要他下船艙去。他一走，我也驀地有另一番如釋重負的自由感覺。

那一晚就這樣過去，我們跟在護航艦劃破的浪頭後面，顛簸前行，始終沒再看到那一具潛望鏡或是細細、長長的灰色艦身。最後，東方的天際終於濛濛亮了起來，沿著海平面出現幾道慘白的曙光。五記鐘聲敲響的時候，遠遠在我們前方也跟著傳來水手長回應的哨音，飄緲得像耳語一般。我想那時候，聽到的應該只有我一人。接著，就聽到船長在他的房間裏叫我，聲音十分疲弱。我馬上趕過去。他正靠坐在枕頭上，從他的臉上，看得出來他十分虛弱，但體溫已經恢復正常。事務長說的沒錯。

「布倫特，我們走到哪裏了？」他問我，「出了什麼事？」

「岸上的人還沒敲鈴吃早餐，我們就可以入港停好了，」我說，「看得到海岸已經在前面了。」

「今天幾號啊？老弟？」他問我，我作出回答。

「那我們還算提早呢，」他說，我也同意。

「我不會忘記你的功勞，布倫特，」他說，「我會跟老闆提你的事。你一定可以升官。」

「升官個屁！」我說，「你要謝的人不是我，你要去謝我們右舷前面的那一艘護航艦。」

「護航艦？」他回問一句，呆呆看著我。「什麼護航艦？我們是有什麼鬼艦隊一起跟著走的麼？」

我便把事情一五一十都跟他說了，從潛水艇、濃霧說到三桅船出現，我上船去見艦長，連我自己膽戰心驚的蠢樣也沒漏掉。他靠在枕頭上面聽我說，一臉驚疑不解。

「你說那一艘三桅船叫什麼？」等我說完，他一字一句慢慢問我。

我伸手往膝頭用力一拍。「閻羅王（Old Harry）什麼的吧，我亂說的啦。我一直沒問。」我說完，信口就吹出那一首小曲，也就是小舢舨上那傢伙彎腰划槳時吹的那一首。

「這我就不懂了，」船長說，「你知道、我知道，英國船籍這邊已經沒有帆船了。」我一聳肩，他幹嘛不學一學我、學一學其他人，不要老覺得這護航艦有什麼不對勁不就好了？

「幫我倒一杯酒來，還有，別再吹那一首曲子，討厭死了！」船長跟我說，我笑了笑，遞給他一杯酒。

「這一首曲子怎麼會討厭？」我說。

「它叫〈利利布雷洛〉[6]，幾百年前的曲子。你怎麼會哼的？」他問我，這下子換我呆呆看著他，也笑不出來。

「我不知道，」我說，「我不知道。」

他拿起酒杯一飲而盡，隔著杯沿瞅著我看。「你那寶貝護航艦現在是在哪裏？」他問我。

註6：〈利利布雷洛〉（Lilliburlero）——英國一六八八年光榮革命時流行起來的一曲古老歌曲。

「船頭右舷那邊，」我再說一次，轉身回駕駛台朝海面張望，朝我以為它在的地方看過去。

旭日像一團大火球躺在海平面上，夜間的雲氣急急朝西方趕去。遠遠在前面那邊，看得到英格蘭的海岸。但我們的護航艦不見了。

我轉向掌舵的弟兄，「它什麼時候不見的？」我問他。

「不好意思，長官？」他說。

「那一艘帆船啊，它哪裏去了？」我再問一遍。

他一臉茫然，乜斜著眼看我，好像覺得我很怪。

「沒看到什麼帆船的啊，」他說，「是有一艘驅逐艦跟著我們並排走沒錯，一定是趁黑趕上來的。太陽出來後，我只看到那一艘。」

我一把抓起我的望遠鏡，朝西邊看過去。那傢伙不是在說夢話。是有一艘驅逐艦跟著我們，跟他講的一樣。正乘著長浪疾駛，攪起一股股水花往兩側翻騰，掀起白花花的浪頭。我盯著那驅逐艦看了好幾秒，一聲不吭，之後，放下望遠鏡。我那掌舵的弟兄眼睛還是直直盯著前方看。而且，太陽出來後，他好像就有一點不一樣了。怎麼個不一樣，我說不出來，只是覺得很怪。他不再輕快吹口哨，又變回他以前那一個古板的跑船人了。

「我們不到九點半就可以進港，時間還超前，」我只說了這一句。

「是，長官，」他回答。

我已經看到前面遠遠的地方有黑點出現，也有一縷黑煙。拖船已經停在那裏等我們。卡特在我船首樓的老位子上。其他人也都各就各位。我呢，站在船長的駕駛台，要帶他的船進港。到了海鷗開始在我們頭頂盤旋，離拖船要拖我們進港也只剩五分鐘，船長叫我進他房間。

「布倫特，」他說，「我一直在想。想你前一晚講過話的那一位艦長，那一艘帆船。你說他有一隻眼睛戴著眼罩。他會不會也有一隻袖子是空的，別在胸前的衣服上？」[7]

我沒回答。兩人面面相覷，一時都沒說話。接著，一記尖銳的哨音提醒我，領港員的船已經到了。但不知是哪裏，在很遠的地方，有很微弱的聲音，哨音的回聲，聽起來很像水手長的哨子。

註7：英國海軍史上抵抗拿破崙的名將納爾遜（Horatio Nelson, 1758-1805），因作戰負傷失去右眼和右臂。他的軍銜是上將（Admiral）。當時的英王就叫喬治。

Wailing Well

哭井

蒙太鳩・羅德茲・詹姆斯

M. R. James

6

蒙太鳩・羅德茲・詹姆斯 Montague Rhodes James

一八六二年生於肯特郡（Kent）。就學於伊頓公學（Eton）和劍橋大學的國王學院（King's College）。後來出任劍橋大學的費茲威廉博物館（Fitzwilliam Museum）的館長，之後再獲選為國王學院的院長，再而後是劍橋大學的校長。一九一八年出任伊頓公學校長。

詹姆斯精通目錄學、古書學，也是書籍史家。不過，他最出名的卻是他寫的鬼故事，出版有《古代鬼故事集》（*Ghost Stories of an Antiquary*）和《鬼故事集新編》（*More Ghost Stories*）。逝於一九三六年。

一九年那一級——有一所名校的童子軍裏有兩個人，亞瑟・韋考克斯和史坦利・賈金斯，兩人同年，住同一棟宿舍，屬同一軍團，自然也屬於同一小隊。兩人由於長得實在太像，常惹得和他們有接觸的師長頗為煩惱，甚至生氣。不過啊，這兩人內心裏的那一個人，或說是那一個小男孩，卻很不一樣！

校長會講這話的對象，是亞瑟・韋考克斯；一抬眼看到有男生走進校長室來，就滿臉含笑，「唉喲，韋考克斯，你在這裏再待得久一點，我們的獎就都要不夠分啦！吶，這一本漂亮的皮面精裝書，《肯恩主教生平作品集》，你就拿著吧，我也衷心向你、向你卓越的父母道賀。」教務長走過操場，一看到某個人就停下腳步跟副教務長說話，說的也還是韋考克斯：「你看那孩子的額頭真突出！」

「沒錯，是很出眾，」副教務長說，「要嘛天份過人，要嘛有水腦症。」

韋考克斯當起童子軍，只要參加比賽，一定會拿徽章或是得獎。烹飪，地圖，救生，撿報紙，離開自習室輕聲關門，其他等等，還有很多。關於救生獎，等我們要講史坦利・賈金斯的事時，會再稍微提到一下。

所以，霍普．瓊斯老師每首歌都要特別多加一小段，讚美一下亞瑟．韋考克斯，低年級主任把放在漂亮紫紅盒子裏的品行端正獎頒給他時，忍不住熱淚盈眶，自不足為奇；這個品行端正的獎可是三年級的人投票全數通過要頒給他的。全數通過？我這樣說的啊？我說錯了。是有一個人投反對票，小賈金斯，而且，他說他有上好的理由。他好像是和這一位大的韋考克斯住同一室的樣子。話說回來，亞瑟．韋考克斯那麼多年一直身兼學者和鎮民[1]兩隊的隊長，他是第一個，也是目前唯一的一個，身兼二職，加上學校也有平常的課業要應付，壓力過鉅，以致他的家庭醫生說要徹底休息六個月外加環球旅行一趟，誠屬絕對必要。

回溯亞瑟．韋考克斯是怎麼走到現今如此耀眼出眾的地位，雖屬樂事，但他的事先到此為止好了。時間不夠，我們一定要把話題轉到另一件大不相同的事上：史坦利．賈金斯其人其事──也就是大的賈金斯。

史坦利．賈金斯和亞瑟．韋考克斯一樣頗得校方注意，但注意的事很不一樣。低年級主任看到他，臉上沒有一絲笑容，說的會是：「唉，你又來了，賈金斯？照這樣子下去，不消多久，孩子，你就會後悔你進這學校了。那個，去拿那個，還有那個，你要知道，你是幸運才沒要你拿那一個。還有那個啊！」而教務長走過操場被一顆板球用力砸中腳踝，還聽到不遠處有人衝著他喊，「謝謝你啦，丟回來吧！」那人也是賈金斯。

「我看啊，」教務長停下腳步揉一揉腳踝，「那小子該自己來撿球才對！」

「是，沒錯，」副教務長答腔，「他若夠近，我準要他狗嘴也吐出象牙來！」

史坦利・賈金斯當起童子軍，就什麼徽章也拿不到，倒是害人家丟了徽章特別在行。烹飪比賽被人看到他拿了幾管爆竹偷偷朝隔壁那一隊的荷蘭鍋裏扔。縫紉比賽時把兩個男生的衣褲牢牢縫在一起，害得兩個人站起來時，好慘。整潔徽章他被取消資格，因為上暑修時天氣很熱，他始終不肯聽勸，坐在桌邊手指頭一定要塞在墨水瓶裏。他自己說，這樣涼快。

他就算撿起一塊紙屑，少說也要先丟六根香蕉皮或橘子皮。鎮上的老婦人看到他走近，無不雙目含淚苦苦求他別提她們的水桶過街。她們太清楚會怎樣。不過，史坦利・賈金斯最該罵，為害也最大的，就屬他在救生比賽搞的花樣。你們也知道，這比賽就是要挑一個低年級的男生，體格適中，全身穿戴整齊，雙手和雙腳綁住，扔進杜鵑圳最深的地方，然後由童子軍輪流去救人，計算每人救人的時間長短。但每一次比賽有他在場，這史坦利・賈金斯啊，就會在最要緊的時候鬧抽筋，很嚴重，躺在地上打滾，不住發出嚇人的哀號。這樣自然就把大家都拉去注意他而忘了落水的男生；若

註1：鎮民（Oppidans）——伊頓公學（Eton）剛成立時有獎學金給校內的學生。後來因為招收的學生多，獎學金不敷所需，就改為領獎學金的學生住在校內的宿舍，其他學生改住在校外的宿舍。這一類學生那時候（現在也是）就叫作鎮民。住校的學生則叫學者。

不是亞瑟・韋考克斯也在場，死亡的名單一定會很長。也因此，低年級主任覺得不作斷然處置不行，乃宣布比賽就此不再舉行。畢斯利・羅賓遜老師找他申訴，指出五場比賽也只有四名低年級的孩子遭殃。低年級主任說他非不得已不會貿然干涉童子軍的活動，只是，這四人裏有三人是他合唱團的台柱，他和李伊博士同都覺得少了他們三人的壞處大於繼續比賽的好處。此外，和這幾個男生家長的信件往還也很煩人，甚至討厭，他習慣用的統一印刷信函已經沒辦法安撫家長，還有不止一名家長親自跑到伊頓來理論，佔去他很多寶貴時間。所以，救生比賽就此成為絕響。

總而言之，史坦利・賈金斯待在童子軍談不上一點貢獻，也已經有人不止一次講起，想要跟他說，童子軍對他的服務敬謝不敏。這一條路是蘭巴特老師大力主張的作法，只是，到最後，還是溫和派的看法獲勝，大家決定再給他一次機會。

所以，一九年暑假一開始的時候——我們就看到他出現在D（或Y）郡風景秀麗的W（或X）區童子軍夏令營裏了。

那一天早上，風和日麗，史坦利・賈金斯和一、兩名朋友——他還是有朋友的哦——躺在一處高地的草原上面曬太陽。史坦利趴著，下巴枕在兩隻手上，呆呆看著遠方。

「不知道那裏是哪裏？」他說。

「你說哪裏？」他一個朋友問。

「下面那塊地中間的那一塊土堆。」

「喔，哈！我怎麼知道！」

「你幹嘛要知道那裏是哪裏？」另一人問。

「我也不知道，就是喜歡嘛。那裏叫什麼？怎麼沒人有地圖？」史坦利說，「還說是童子軍咧！」

「這裏就有一張，」韋佛瑞・皮普斯奎德說，他這人最有辦法了，「這裏畫的就是那地方，但它在紅圈圈裏。那裏我們不准去。」

「管那紅圈圈幹嘛？」史坦利說，「你這白癡地圖沒寫那地方叫什麼！」

「喔，你那麼想知道的話，那就去問那個老傢伙那裏叫什麼嘛。」「那老傢伙」是一名老牧羊人，才正走上來站在他們身後。

「早啊，小朋友，」他說，「今天天氣真好，正適合幹活兒，對吧？」

「是，謝謝您，」艾爾格農・德・蒙莫朗西回答，他生來就謙恭有禮。「請問您知道那邊那一塊叫什麼嗎？那裏面又有什麼東西？」

「我哪會不知道，」牧羊人說，「那裏是哭井，哎，你們不必去擔心那東西。」

「那裏是有一口井，是嗎？」艾爾格農問，「是誰在用的啊？」

牧羊人笑了起來，「小心喲，」他說，「這一帶從人到羊沒一個敢去用哭井的，我住在這裏那麼多年就從沒去過。」

「哼，那這紀錄今天就要不保了，」史坦利・賈金斯說，「因為我啊，就要過去舀一桶水來泡茶喝！」

「哎呀呀！小朋友！」牧羊人口氣透著擔心，「你不要這樣子講話喲！欸，你們老師沒說過不准到那裏去的嗎？應該要教的啊。」

「有，老師有說過，」韋佛瑞・皮普斯奎德說。

「閉嘴，笨蛋啊你！」史坦利・賈金斯說，「那裏是怎麼了？水有問題嗎？管它！只要煮開了就什麼問題也沒有。」

「我是不知道那井裏的水有什麼不對，」牧羊人說，「我只知道我這一隻老狗，怎樣也不肯走過那一塊地；不管是我還是別人，只要還有一點腦子，也都不會靠近那裏一步。」

「呆啊瓜，」史坦利・賈金斯說得很沒禮貌，也不合文法，「誰有去過那裏出事的嗎？」他追問一句。

「有過三個女的，一個男的，」牧羊人的口氣很沉重，「你們乖乖聽我的話準沒錯。這一帶的地頭我很熟，你們不熟，我只能跟你們說，過去這十年來，沒一頭羊在這塊地上啃過一口草，也沒一莖穀物在地上長出來過——那塊地可是好地喲。你們從這裏應該就看得很清楚那裏現在是什麼模樣，雜草、荊棘、垃圾什麼的。你有望遠鏡嘛，小朋友，」他跟韋佛德・皮普斯奎德說，「拿起來看一看就知道了。」

「對，」韋佛瑞說，「但我也看到那裏有路欸。一定有人常在那裏走。」

「路！」牧羊人說，「你說的沒錯！四條：女的三條，男的一條。」

「你的意思是，三個女的跟一個男的走的？」史坦利插嘴進來，這才第一次回頭去看那牧羊人（在這以前，他始終背對著牧羊人在說話，真是沒禮貌的孩子）。

「我的意思？唉呀，我不明白說了嗎：三個女的，一個男的。」

「他們是誰？」艾爾格農問道，「他們去哪裏幹嘛？」

「是有人可能有辦法跟你們說那幾個人是誰吧，」牧羊人說，「但我還沒出生他們就已經歸天了。而且，他們到那裏去是要幹什麼，不是我們這些後人可以說得清楚的。不過啊，我聽說他們幾個活著的時候都不是好人。」

「唉呀，好奇怪喲！」艾爾格農和韋佛瑞低聲咕噥，但史坦利滿臉不屑、憤懣。

「喂，你是說他們都是死人了啊？你亂講！你一定笨到家才會相信這樣的事。我倒想知道有誰見過他們來著？」

「我就見過他們，小朋友！」牧羊人說，「就在那一塊地，從近處看過他們。而且，我這一隻狗，牠若會講話，就一定會跟你們說牠也見過他們，就在那同一時候。約大白天四點的時候吧，天氣跟今天差不多。我看到的時候，他們一個個先在矮樹叢裏探頭探腦的，然後站起來，慢慢沿著他們自己那一條路朝那一塊地中間的樹叢走過去，井就在那裏。」

「他們長什麼樣子？你講啦！」艾爾格農和韋佛瑞催他。

「衣服破破爛爛的，只剩骨頭，小朋友；四個人都是：飄來飄去的破布，一根根白色的骨頭。我都覺得好像聽得到他們走路時骨頭嘎啦啦響。他們走得很慢，走路的時候還會左右張望。」

「他們的臉長什麼樣子？你有看到嗎？」

「他們的臉沒剩什麼了啊，」牧羊人說，「但我覺得他們好像有牙。」

「媽啊！」韋佛瑞說，「他們到樹叢那裏去幹什麼？」

「這我就沒辦法說了，少爺，」牧羊人說，「我不敢再待下去，而且，就算我敢，我也要去找我這老狗；牠跑了！牠以前從沒這樣子扔下我自己就跑掉的，但那一天牠卻跑掉了。等我好不容易找到了牠，牠那樣子活像是不認得我，看到我就要朝我撲過來咬我的喉嚨。但我一直好聲好氣跟牠說話，過了一會兒，牠才記起我的聲音，趴在地上朝我爬過來，像小孩子般要我原諒。我再也不要害牠變成那樣子了，就算是別的狗也是。」

那一隻狗那時已經靠過來，跟他們磨磨蹭蹭的，像在交朋友，這時，牠抬起眼睛看向牠的主人，像是萬分同意主人說的每一句話。

幾個孩子拿他們聽到的話想了一下。之後，韋佛瑞說，「那又為什麼要叫哭井呢？」

「你若冬天傍晚人在這附近，就不會問為什麼要叫哭井了，」牧羊人只作了這樣的回答。

「哼!你說的話我一個字也不信,」史坦利‧賈金斯說,「等有機會,我就要到那裏去,沒去我頭給你!」

「那你是不聽我的話嘍?」牧羊人說,「也不聽你們老師說不准你們過去的話嘍?別這樣,小朋友,你還真不聽人講道理啊,由不得我不說。我幹嘛拿這麼些事來騙你們?不管誰往那裏去,在我連個六便士也不值,我只是不想看到有人年紀輕輕人生才剛開始就沒了性命。」

「我看那裏在你絕對比六便士還要值錢得多,」史坦利說,「我看你準是在那裏偷釀威士忌或是搞什麼勾當,怕別人過去發現。絕對不是好事,我說。我們回去吧,你們兩個。」

他們就這樣轉身要走。另兩個男生跟牧羊人道了「晚安」、「謝謝」,但史坦利一個字也沒說。牧羊人肩膀一聳,站在原地目送三個孩子走開,眼光裏透著傷心。

他們幾個在回營地的途中,就這一件事吵得相當凶。史坦利也聽遍了另兩人拿各種話來罵他笨蛋——若他真要去哭井的話。

那一天傍晚,畢斯利‧羅賓遜老師叮嚀這、叮嚀那的,還問大家地圖是不是都畫上了紅色的圈圈。「特別注意啊,」他說,「絕對不可以走到那裏面去。」

同時有好幾人——其中夾雜著史坦利‧賈金斯老大不高興的聲音——都問,「為什麼不可以走進那裏？」

「因為，我說不可以就不可以，」畢斯利．羅賓遜老師說，「你若覺得這樣子不夠，那我也沒辦法。」說完，馬上轉身壓低聲音跟蘭巴特老師說話，再回頭跟大家說，「我就只跟大家說這麼多，我們接到通知，要童子軍不准靠近那地方一步。畢竟，這地方的人那麼好心讓我們在這裏紮營，我們能作的回報，就是至少也要聽他們的話──我想各位應該也會同意。」

大家同聲回答，「同意，老師！」史坦利．賈金斯除外，就他一個人嘴裏喃喃自語，「聽他們個頭啦！」

第二天下午，天色還早，有人聽到這樣的對話。

「韋考克斯，你們帳篷裏的人都在嗎？」

「沒有欸，老師，賈金斯不在！」

「那一個啊，還真是有史以來最討厭的搗蛋鬼！你想他會去哪裏？」

「不知道，老師。」

「有誰知道嗎？」

「老師，不知道他是不是去哭井那邊了。」

「誰？皮普斯奎德嗎？哭井是哪裏？」

「老師，哭井就是那個——呃，老師，就是長很多野草的那一塊樹叢那邊。」

「你是說在紅圈圈裏面嗎？天哪！你怎麼知道他到那裏去的？」

「喔，他昨天一直在問那裏的事，那時候我們是在跟一個牧羊人講話，他跟我們說了很多那裏的事，還要我們不可以到那裏去。但賈金斯不信他的話，說他就是要去那裏。」

「不知天高地厚的臭小子！」霍普・瓊斯老師說，「他去的時候有帶東西嗎？」

「有，像是帶了繩子和罐子的樣子。我們有跟他說笨蛋才會去。」

「這個小兔崽子！他這樣子亂跑到底是什麼意思！唉，來吧，你們三個，不去找他不行。怎麼有人就是連守個最簡單的規矩也沒辦法？那一個人跟你們怎麼說的？別停，別停，我們邊走邊說。」

他們一行人就這樣出發了——艾爾格農、韋佛瑞講得很快，另兩人聽得神色愈來愈擔心。最後，他們走到了那一塊高地的草原上，往下看得到前一天那個牧羊人跟他們說的荒地。站在那裏，那一塊荒地一覽無遺，那一口井就圍在那一叢彎曲、糾結的歐洲赤松裏面，一眼就看得到；從荊棘叢和蓬亂的矮樹中間彎彎曲曲穿過去的那四條小路，一樣看得很清楚。

那一天的天氣很好，熱氣蒸騰。遠處的大海，看起來像金光閃閃的地板。沒一絲風。一行人爬到頂端時，都累得沒力氣了，一骨碌就往熱呼呼的草地上躺。

「沒看到他的半點人影，」霍普・瓊斯老師說，「我們先在這裏停一下吧。你們都累壞了——更別說是我。眼睛放亮一點啊，」他朝下面眺望一下子，「我好像看到矮樹叢在動。」

「對欸，」韋考克斯說，「我也看到了。你看……不對，那不像他。那是別人，有幾個人的頭在往上抬，是不是？」

「好像是，不確定。」

一時間沒了聲音。接著：

「是他，絕對是他，」韋考克斯說，「正在跨過那一叢矮樹叢，遠的那一頭。你有沒有看到？還有亮亮的東西。應該就是你說他帶走的罐子。」

「沒錯，是他，他直直朝樹叢走去，」韋佛瑞說。

這時，艾爾格農，原本睜大眼睛緊盯著那裏看，發出尖叫。

「小路上那是什麼？四條小路上面都有——喔，是一個女的。啊，我不要看！不要啦！」他一骨碌就翻身趴在草地上面，手裏緊緊抓著野草要把臉埋進去。

「別鬧！」霍普・瓊斯老師大聲喝斥——但沒有用。「就在那裏，」他說，「我不過去不行。你不要鬧了，韋佛瑞，你看著他。韋考克斯，你盡快跑回營地去叫人來幫忙。」

兩人同時拔腳就跑，留韋佛瑞一人陪艾爾格農。韋佛瑞盡力安撫艾爾格農，但他自己也沒好到哪裏去，不時要抬眼朝山腳下看，看那一塊荒地。他看到霍普．瓊斯老師跑得很快，距離愈來愈近，接著，嚇他一跳，他到看老師忽然停下腳來，四下看了一圈，然後飛身朝旁邊一跳。瓊斯老師為什麼要這樣？他再朝荒地仔細一看，就看到一個很可怕的人影——套著黑黑的破布——破洞裏露出白白的顏色——頭搭在細細、長長的脖子上面，有一半蓋在一頂看不出來形狀、黑黑的遮陽帽下面。那東西伸著兩條細細的手臂，朝著跑過去要救人的老師那方向揮舞，好像在警告他別過去。隔在兩個人中間的空氣好像跟著在震動，一閃一閃的。他從沒見過這樣的情況。他一邊看，一邊開始覺得腦子也好像跟著在震動，被攪得很亂，他猜可能是離靈力太近也受到影響了吧。他馬上別過眼去，這就看到史坦利．賈金斯正在朝那樹叢靠近，速度相當快，而且，還沒忘記童子軍教的正確方法：每踩一步的樣子都很小心，避開樹枝，免得踩斷發出聲音或被荊棘的刺給刮到。看他那樣子，雖然像是什麼也沒看到，但很怕有人就躲在附近要對他偷襲，所以要悄悄逼近，不可以發出聲音。他的一舉一動韋佛瑞不只全看到了，他還看到別的。他只覺得心頭忽然一沉，恐懼馬上襲來：他看到樹林裏有人等在那裏。這時，有另一個人——另一個一樣很可怕的黑影——沿著荒地另一頭的小路慢慢走了過來，一邊走還一邊左右張望，跟牧羊人說的一樣。更糟的還在後面，他看到了第四個人——這一次絕對是男的不會錯——正在從矮樹叢裏站起來，就在倒楣的史坦利後面沒幾碼的地方，而且，正在朝小路爬過去，一副痛苦的樣子。這

下子，這個可憐的倒楣鬼四面八方都被堵住了。

韋佛瑞嚇得不知如何是好。他朝艾爾格農衝過去，用力搖他，「起來！」他說，「喊哪！用力大聲喊！啊，有哨子就好了！」

艾爾格農精神一振，「是有一個，」他說，「韋考克斯的，一定是他不小心掉了。」所以，他們就一人用力吹哨子，一人用力大叫。聲音穿破寂靜的空氣，傳到了遠方。史坦利聽到了，停下腳來，轉過身，接著傳來了尖叫，叫得那麼淒厲、恐怖，山丘上的那兩個男生再怎樣使勁也叫不出來的。只是為時已晚。彎腰躲在史坦利後面的那一個人影已經撲向他，抱住他的腰。先前伸長雙手在揮舞的那一個可怕人影，又開始揮舞手臂，而且是興奮得揮舞。躲在樹叢裏的那一個拖著腳往前竄，也伸出兩隻手臂；像是要抓她眼前的東西；最遠的那一個人影加快腳步趕了上來，還高興得直點頭。這景像，山丘上的兩個男生全看在眼裏，噤若寒蟬，大氣也不敢出，眼睜睜看著那人抓住他的祭品扭打成一團。史坦利用他手上的罐子打向對方，這是他唯一可用的武器。那一圈破爛的黑帽子從那東西的頭上掉下來，露出一顆白色的骷髏頭，沾著一塊塊黑色的東西，可能是殘留的幾絡頭髮吧。但這時候，另一個女的已經趕到了他們兩個身邊，一伸手就去扯那條纏在史坦利脖子上的繩子。兩人合力一下子就壓制住史坦利，慘叫停止，接下來，三個人影一起進入那圈赤松林內。

有那麼一時片刻，感覺像是救兵會及時趕到。霍普・瓊斯老師才大踏步衝過去，忽又停下來，轉過身，好像伸手揉了揉眼睛，就又開始朝那荒地衝過去。不止，兩個男生朝身後一看，就發現不止有一列人影從營地衝過來，已經衝到了旁邊的山丘頂，連那牧羊人也大步衝過他們自己的山丘，朝這邊過來。他們又指又叫的，朝他的方向跑了幾碼就又往回退。他趕快調整步伐。

兩個男生再回頭朝那荒地看過去。什麼也沒有。或者是那片樹叢裏有東西？那樹叢為什麼罩在一團霧裏呢？霍普・瓊斯老師已經七手八腳爬過矮樹叢，正在灌木林裏奮力往前衝。

牧羊人來到他們身邊站住了腳，氣喘噓噓的。他們撲向他，緊緊抓住他的手臂。「他們抓到他了！在樹叢裏！」他們只說得出來這兩句話，一說再說。

「啊？你們是說他真的過去了？我昨天不都已經跟他說那麼多了嗎？可憐那小東西！可憐那小東西！」說到這裏，他就說不出別的話來了。但傳來了別人的聲音。營地的救兵到了。匆匆問了幾句，就全又朝山丘下面衝過去。

他們才跑到荒地，就遇到霍普・瓊斯老師。他的肩頭扛著史坦利・賈金斯的屍體。是他從一根樹枝上放下來的，他發現賈金斯吊在樹上搖晃。體內沒一滴血。

第二天，霍普・瓊斯老師帶了一根斧頭出發，明白說要把那一塊地方的每一棵樹全都砍掉，把那一塊荒地的每一片野草全都燒得精光。但他回來時，腿上有一道很可怕的傷口，斧柄也斷了。他一星火苗也點不著，他一棵樹也砍不動，連一道淺淺的痕跡也沒有。

我後來聽說哭井那一塊荒地上的人，是三個女的、一個男的，再加一個小男生。艾爾格農・德・蒙莫朗西和韋佛瑞・皮普斯奎德兩人此番的驚嚇十分嚴重。兩人同都立即離開營地；出了這樣的事，當然也在留下來的人心頭投下陰影——就算一閃而過也還是有吧。其中最早振作起來的，就是小的賈金斯。

各位，這便是史坦利・賈金斯的事，也是亞瑟・韋考克斯事裏的一部份。我相信，在這以前從來沒人講過。這樣的事若有教訓，那我想這教訓應該也很明顯：若還聽不出來，我也無能為力。

The Sweeper

掃地的人影

艾爾斐德・麥克里蘭・布瑞治

A. M. Burrage

7

艾爾斐德・麥克里蘭・布瑞治 Alfred McLelland Burrage

一八八九年生於密德塞克斯的希林頓（Hillingdon, Middlesex），逝於一九五六年。恐怖故事和鬼故事是他慣見的作品，另也以超自然為題材出版了兩本長篇小說。一般認為他以「無名小兵」（Ex-Private X）筆名發表的作品，是他的頂尖之作，收錄於他的選集《有人在房間裏》（*Someone in the Room*）。

在泰莎・文雅德覺得啊，勒蓋特女士性格最奇怪的一點，就是對乞丐特別好。這所謂的特別可不只是一點點，而可以說是像一列高山峻谷中間忽然夾著一片平地，因為，她那人的性子其實略顯刻薄。這裏或那裏不時都看得到一點苗頭，但也只略追得上一段，過沒多久就看不到了，像大理石面幽忽的細紋。這一個禮拜付家用的時候，眉頭皺也不皺，但下一個禮拜就會有一點冒火、動氣，再小的花費也要質問一番，還會提出一些節約之道，卻往往是極其無理的枝節。事後，管家芬奇太太若真是聽話照做，自己可能還會被她劈頭痛罵一頓。她的錢夠多，有資格不去計較；她的人也夠老，有資格鬧彆扭。

勒蓋特夫人對地方上的慈善機構相當慳吝，那些無事忙的大善人三不五時就要捧著捐款名冊和感人的故事，到府裏來拜訪勒蓋特夫人，走時每每兩手空空。她把荷包綁得緊緊的，自有其言之成理而且顯而易見的理由。醫院？應該由政府補助。救濟地方上的窮人？破壞勤儉的美德。我們這裏有的是不信上帝的人，要傳教就要去勸他們信上帝，幹嘛派傳教士到國外去！不過，有的時候，她也會突發善心，對某些人慷慨得不得了，像她對流浪行乞的人就大慈大悲，在這一幫同是天涯淪落人當中名聞遐邇。這一點，她的鄰居對她可就感動不起來了，因為，據說這一類來路不明的人，她還廣為招徠，來者不拒。

泰莎．文雅德一開始同意來試一個月時，就知道勒蓋特夫人不會很好相處，也不太確定她這陪侍的差事人家會要她做多久；不過，她自己做得了多久可能還更重要。她不是看到廣告來應徵而要到這差事的。泰莎是因為認識這老夫人的已婚侄女，由這侄女向她這一位年邁的親戚介紹的。泰莎也是由這一位侄女的巧語暗示，才約略知道一點老夫人有怎樣的怪脾氣，又該怎麼對付。所以，她進府時，對情況已經掌握了十之八九，不算完全陌生。

這裏有她寫給她「親愛母親」的信：

我想等我再回家住時，一定會覺得家裏熟悉的老房間都變得小得不得了。我一開始覺得這宅子好大，每一間房間大得跟軍隊裏的營房差不多——我倒是沒真的進過軍隊的營房啦。但現在，我已經習慣了，而且呢，這裏的房間還不算真的很大。和我們家比起來當然是很大，但和布蘭彭勳爵家比起來就不大了，連艾克斯迭上校家都比不上。

不過，這裏還真是很可愛的老房子，很有一點神祕故事集裏的房子的氣味，像是有牆板可以推開通往密室，或是原本當女家庭教師的女主角後來嫁給年輕的男爵，等等。只不過，我在這裏沒聽到什麼神祕的故事，雖然我很想假裝這裏有；而且，就算我真的是女家庭教師，這裏方圓一哩內，也沒有年輕的男爵可找。好歹總有個老掉牙的幽靈吧！但我到現在都還沒聽說，所以，這一點可能這裏也缺貨呢！我不喜歡拿這去問勒蓋特夫人，因為，雖然她人很好，有些問題我還是不要問的好。搞不好她相信有鬼，提起鬼啊靈異的，可能會嚇到她；就算不會，那她反而會生氣，罵我胡說八道。當然囉，我知道這些鬼話真的是胡說八道，但若這屋子裏真的鬧鬼，是一個漂亮的灰衣美女——可能是安妮王后那時候的人吧[1]——多好啊！只是，我們這裏不管有沒有鬧鬼，我們這裏還真的是鬧無賴！

她在這一封信裏，接下來就寫到成天都有英國鄉下這一類流浪的不速之客，進宅子裏來。這些人不是行乞就是行竊，從一家救濟院混到另一家救濟院。這些行跡可疑、蠻不講理、不負責任的人，寧願再苦、再窮，也不肯做一點正事爭取些許安逸。一天平均要來個三、四個這樣的人，而且，沒一個走時兩手空空。芬奇太太接獲十分明確

註1：政爭失利的珍・葛雷（Lady Jane Grey, 1537-1554），在當了九天女王即被血腥瑪麗（Bloody Mary）處決，英國有名畫以此為題：Execution of Lady Jane Grey。安妮王后（Queen Anne）則是血腥瑪麗的同父異母妹妹英國女王伊麗莎白一世的母后，被她的父王英王亨利八世（Henry VIII）處決。葛雷（Grey）的英文有「灰色」的意思。泰莎對此史實有一點混亂。

的命令，而且做起來也一副事不關己的模樣，活像紀律的奴僕。若沒有剩下的食物可給，那就更好了，因為，就改以金錢取代，而一有錢，當然馬上就可以到最近的小客棧換酒喝。

這些游民每一出現在屋子前的車道，泰莎都在場。男的女的都有，形色不一，千奇百怪；有的尚存一絲破爛的自尊緊抓著不放；有的就很下流，眼神閃爍，鬼鬼祟祟，很可能原本就是宵小之徒，沒有絲毫勇氣跳脫雞鳴狗盜的生涯。大部份的人不是凶神惡煞的長相，就是眼珠子滴溜溜亂轉，闔不攏的嘴猥褻又下流，呈半癡呆狀；至於渾身骯髒、舉止粗魯，倒是人人皆然。

泰莎開始習慣被他們用眼睛上下打量，無禮的眼神滿是挑釁；要不常見的就是輕點一下頭，或大剌剌的咧嘴怪笑。但不管是怎樣的招呼，都表示他們才不把她看在眼裏。她不想看到他們？那是再好不過了。他們知道她也算是下人，隨時可以被趕出去；至於他們呢，憑著一些古怪的理由，是這屋子永遠歡迎的客人。泰莎很討厭他們出現，討厭他們癡呆無禮的樣子，私心裏痛恨勒蓋特夫人怎麼還鼓勵他們多來。這些人是社會的鼠輩，臭不可聞，掠奪成性，從這一座村子到另一座村子、從這一處市鎮到另一處市鎮，不停在傳播疾病。

這一位妙齡女子對正派貧苦人家生活的艱難，並非毫無所悉。她是在鄉下牧師家裏長大的，對農人、工人的辛苦勞動，對他們家裏的困苦慘狀，對他們自立自強、奮鬥求生的掙扎，相當清楚。在勒蓋特夫人的莊園裏，就有不止一戶人家只靠麵包和馬鈴薯糊口，而且也只是維持餓不死而已。但是，老夫人對他們不聞不問，卻任由不值得救助的人予取予求。公園外的陰溝就動輒看得到有一兩條麵包丟在那裏，都是那些無賴到僕人門口走一趟後大啖一頓留下來的。

泰莎沒那身份去跟勒蓋特夫人談這樣的事。沒錯，這她自己很清楚——套用下人房裏的話來說——依她在這宅子的身份，那不是她份內的事。但她倒是跟芬奇太太提了。拿吃的、喝的給那些人，若沒剩的吃喝就改拿錢，就是她份內的事。

芬奇太太被環境磨得不太多話，但內心還是藏著一股暖流。她一開始只應了一句，但欲言又止：「夫人有令！」過了一會兒，才再加上一句，「夫人這樣自有她的道理——或她自以為有道理吧。」

泰莎搬到畢林頓修院時正值夏末，清甜的薰衣草已經在一座座花園裏綻放，這是秋季即將來臨的第一記預告。九月來後，樹梢接著抹上第一道黃彩，以作警示。穗狀的栗子外殼迸裂，掉出光滑的棕色果實。到了傍晚，池塘和鮭溪泛起淡淡的一層霧靄，低低垂在水面之上。空氣冷冽沁脾。

泰莎每一天早晨從窗口朝外看，在樹林的變化上面尋找歲月無情遞嬗的記號。日復一日，枝梢的碧綠漸稀，黃意漸濃。接下來，黃色加深，推進到金黃、到棕褐、到暗紅。唯有冬青和月桂擋得住進逼的歲時浪潮，屹立不搖。

有一天傍晚，勒蓋特夫人終於首度披上了她的冬日披肩。之後在客廳裏，她拿出紙牌準備玩她晚上固定要玩的單人牌戲，忽然兩隻手肘往桌上一靠，頭就垂在兩隻搭在桌面的手上。

「您不舒服嗎？勒蓋特夫人？」泰莎急得問她。

她把臉從手上抬了起來，露出一張皺縮的老臉。兩眼飽含悲涼，閃著悽惶，暗影幢幢。

「我真的沒什麼，孩子，」她說，「還要請妳多擔待一些。我一年裏最難過的時候到了，若活得到十一月底，那就可以再活一年。但現在還不知道——還不知道。」

「您今年絕對不會怎樣的，」泰莎說的口氣洋溢強烈的樂觀；她發現這一招用來安撫受驚的小孩子滿有用的。

「就算我今年秋天不死，明年秋天或後年秋天也逃不了，」她蒼老的嗓音微微發顫，「總之，秋天是我命絕之時。我心裏有數。我心裏知道。」

「您怎麼會知道的呢？」泰莎問她，口氣裏透著些許懷疑，但壓得恰到好處。

「我就是知道。我怎麼知道的有什麼關係嗎？……現在是落下多少葉子了？」

「沒幾片，」泰莎說，「還沒怎麼起風啊。」

「很快就會往下掉了，」勒蓋特夫人說，「再過沒多久……」

她的聲音愈來愈小，但沒多久卻又振作起來，撿起桌上的小紙牌開始玩了起來。

兩天後，早上下起大雨，一直下到下午過了大半。日影開始西斜，也開始颳起半大不小的風，黃葉便如雨落下，隨著風勢盤旋、流轉，在斜斜打下的雨幕裏穿梭，找空隙往地上飄落。勒蓋特夫人坐在椅子上看落葉，眼神呆滯，滿是絕望的痛苦，一直看到室內的燈光打亮，窗邊的窗簾拉下。

晚餐時，風勢靜了下來，雨也停了。用餐過後，泰莎隔著窗簾朝外窺探，看到幢幢的樹影襯著夜空，幾顆寥落的星子閃著淡淡的光。看來晚上天氣應該不錯。

勒蓋特夫人一如往常拿出她的小紙牌，泰莎則拿了一本書在一旁等著，看是不是會吩咐她坐在鋼琴邊彈奏一曲。房裏除了紙牌打上光滑的桌面不時傳來一聲「啪！」，還有泰莎翻閱書頁的窸窣，別無聲響。

泰莎剛聽到時，一時還抓不準是什麼。她只覺得自己的耳朵好像慢慢在抓屋外花園裏的聲音，等到後來屋外傳來的聲音她不聽也不行，惹得她在心裏嘀咕那到底是什麼聲音，她已經抓不準那聲音到底開始多久了。

泰莎闔起書頁夾在指間，側耳傾聽。那聲音急促，乾澀，拖沓，還有規律。每一下之間的停頓相當固定。頗像是女人隨意在梳她的長髮。到底是什麼聲音？有人拿尖尖、可以彎曲的東西在刮一塊表面凹凸不平的東西嗎？泰莎馬上就懂了。有人在屋後的那一條長長的小路上，用馬廄掃帚在掃地上的落葉，那一條小路是繞著全屋走上一圈的。但怎麼會在這時間掃落葉啊！

她再聽。既然都聽出來是什麼聲音了，就覺得絕對不會錯。若不是屋外黑漆漆的，加上她一開始在下意識裏就不太相信園丁會那麼盡忠職守，連這時候都還在掃地，這樣的聲音，她根本不必費那樣的心思去猜就抓得到的。她抬起眼來，想跟勒蓋特夫人說些什麼——但沒說出口。

靜得反常的房裏，忽然有了動靜。勒蓋特夫人轉過頭來，正對著她的陪侍，一臉慘然，眼神像是大難臨頭。但緊接著，她表情一變。泰莎知道勒蓋特夫人看出她正在聽屋外小路上的聲音，只是不知何故，這一位老夫人對她聽到那聲音頗為不悅。但為什麼呢？為什麼她悽惶、慘白的老臉上會有恐懼的神色？

「妳彈鋼琴吧，泰莎？」

雖然是問句，但口氣倒像猝然下令。泰莎心裏清楚，這是要她用琴音蓋過屋外掃地的聲音，因為，勒蓋特夫人不知為了什麼奇怪的原因，不想讓她聽到那聲音。所以，她就彈了幾首曲子，而且相當老到，挑的都是可以用強音踏板的曲子。

過了半小時，勒蓋特夫人站了起來，拉一拉肩頭的披肩，蹣跚朝門邊走去，途中略停一下，跟泰莎道晚安。

泰莎獨自一人在房裏多待了一會兒，重新坐回鋼琴前面，過了一兩分鐘，才輕輕按起琴鍵胡亂彈奏，心不在焉。為什麼勒蓋特夫人不讓她聽到外面小路上的掃地聲音？那聲音已經停了，她要不要偷偷往外看一下到底是誰在掃地？是勒蓋特夫人有怪癖，特別討厭看到地上有落葉嗎？還是她對自己要園丁這麼晚了還要幹活兒覺得不好意思？不過，這不像勒蓋特夫人，她才不在乎別人怎麼想她；何況她早上都起得晚，多的是時間可以趕在夫人看到之前把落葉掃掉。再來，勒蓋特夫人怎麼會這麼害怕？和她覺得秋天是她大限之時的怪念頭有關係嗎？

泰莎回房去睡時，對自己居然絞盡腦汁想要參透一個錯亂腦袋裏的祕密，啞然失笑；這腦袋可是有八十多歲了哪。她又見識到了勒蓋特夫人古怪的另一面，這些兜起來全都莫名其妙嘛。

夜色依然沉靜，而且，看來下半夜應該不會有變。

「今天晚上應該不會再有多少落葉了，」泰莎更衣時自忖。

但第二天早上，她趁早餐前信步走進花園，卻看見繞過屋後一圈的那一條長長的小路，還是舖著滿滿的落葉，而小園丁托伊正在忙著用小手推車和馬廄裏的一根樺樹掃帚在掃落葉；這一種樺樹掃帚在中古時代可是巫婆騎的傢伙喲。

「你好，」泰莎喊他，「昨天入夜後落下好多葉子啊！」

托伊停下手上的掃帚，搖一搖頭。

「不是啦，小姐，是昨天傍晚颳風颳下很多。」

「但都掃乾淨了啊，我昨天晚上過了九點還聽到有人在掃地。對不對？」

那人咧嘴作出怪樣。

「您在九點過後還看到我們在忙啊？小姐！」他說，「沒有，小姐，在這之前沒人會來掃地的啦，白費力氣嘛，才掃完一堆，又掉下來一堆等你去掃。一年裏就這時候，沒一百個人沒辦法保持這園子乾淨！」

泰莎沒再多說什麼，轉身回屋裏去，心頭心緒亂轉。那一天園丁不時在掃地，因為，才掃完一堆馬上就又落了一地，廚房那邊的院子再過去的空地，還燒起一堆火來，枯葉的香氣飄進屋裏。

那天傍晚，勒蓋特夫人在她的小客廳裏升起了火，吩咐泰莎晚餐之前、之後，她們兩人就待在小客廳裏吧。結果小客廳的煙囪通風不良，悶了滿室的煙，害得老夫人又是咳、又是咕噥埋怨，罵芬奇太太掃煙囪這一件事拖拖拉拉，該做不做，所以她就提早上床了。

那時間，泰莎要上床就寢還嫌太早。剩下自己一人後，她忽然想起有一本書留在客廳裏忘了拿，她準備拿那一本書坐在大餐廳的火邊打發時間。她才踏出兩步走過客廳門口，就忽然停下腳，站在原地仔細聽。她耳朵聽到的聲音，絕對不會錯。雖然托伊先前跟她說過了，但當時的時間正好是九點半，而有人就正在屋外的小路上掃地。

她踮起腳尖走到窗邊，隔著窗簾朝外偷看。明亮的月光照得花園一片銀白，但卻什麼也看不到。不過，由於人就在窗邊，因此，這一次聲音的來處可以抓得比較準，聽起來像是從小路下去滿遠的那一頭傳來的，那地方因為窗戶角度的關係，她看不到。

客廳外面就有一道門，從那裏可以到花園去，但她沒來由的，也不知是怎麼回事，硬是不想出去看一看那一個掃地的神祕客，她自己也說不出個所以然來。她只覺得有一陣很奇怪的寒顫竄過全身，心頭的感覺很清楚：她還是站在遠遠的地方看那人就好——至少第一次這樣就好。

接著，泰莎想起了一處推拉窗，略微躊躇一下後，還是悄悄舉步，踮著腳尖沿著樓梯爬到一樓，順著樓梯頂左邊的一條走廊走過去。月光從一扇窗口照了進來，淡藍的月光映在對面的牆上。泰莎摸索打開窗戶的搭扣，輕輕把窗往上推，沒發出一點聲音，然後把頭伸出去。

她看到下面的那一條小路上面，離她左手邊約幾碼開外，就在屋子轉角附近，是有一個人拿著馬廄掃帚在掃地，動作很慢，很有規律。掃帚每一揮動，擦過小路路面，一次次都傳來輕輕、脆脆的「刷！」而且，一來一往的節奏，和走得很慢的老鐘鐘擺一樣。

從她看的那角度，底下那人的長相大部份都看不到。看那穿著，像是工人的打扮，因為從側影隱約猜得出來衣服很舊、很鬆。不過，其他全都不管，她眼前的這景象怎麼說都怪怪的，很詭異，不太對勁。她知道好像少了什麼東西，而且，應該是一眼就看得出來的東西，但她卻想破頭也講不出來是少了什麼。

下面的景象她一看就知道少了很重要的東西，只是，就算她心裏清楚那裏面少的是她絕對應該看得到的，卻怎麼看都抓不準到底是什麼；明明該有卻怎麼也看不到，但又明白得像半夜燒起來的亮晃晃篝火。她知道眼前的景象完全違反自然律，但是怎樣的自然律呢？她又說不上來。這時，她忽然覺得想吐、頭暈，趕快縮回探出去的頭。

泰莎性子裏怯懦的一面，一直催她上床去睡吧，忘掉剛才看見了什麼，也別去想剛才沒看到什麼。但另一面的泰莎，那個瞧不起膽小鬼的泰莎，危急之時也會鼓起極大勇氣的泰莎，卻停住腳不讓她走。她憋住氣，在心裏自語。只要一碰上難題讓她舉棋不定，她向來就是這樣跟自己說話。

「泰莎，妳這個膽小鬼！怕什麼怕！馬上下去看清楚那人是誰、那人又是哪裏不對勁！難道他會吃了妳不成！」

所以，困在同一副身軀裏的兩個泰莎又躡手躡腳走下樓梯，勇敢的那個泰莎很氣這兩個泰莎共用的心臟跳得那麼厲害，想嚇她罷手。但她還是打開了門，走到屋外的月光下。

那個掃地的人還是在屋子轉角那邊埋頭工作，小路的尾端就在那附近，而且那裏有一扇綠色的門，推門進去就是馬廄的院子。小路鋪滿一層厚厚的落葉，少女慢慢朝他靠近，心頭忐忑不安，雙手搭在胸口，卻發現那人根本就沒掃掉什麼。掃帚一起一落在小路上掃得刷刷響，地面的落葉卻始終厚厚一層，動也沒動。不過，這並不是她在樓上注意到的怪事。她還是覺得眼前看到的景象少了什麼，她捉摸不到的東西。

她的腳步在鋪滿落葉的小路上面沒發出多大聲響，但走到離那掃地的人約六碼時，那人就聽到了。他停下手上的掃帚，回頭朝泰莎看過來。

他長得很高，很瘦，慘白如死灰的臉，眼睛看向她時鼓得像兩顆大泡泡。他轉向泰莎的臉，面容猥褻、飽含痛苦，只是悲苦到這地步的臉引起的先是厭惡，再來是難以言喻的驚懼，而絕非憐憫；泰莎就是如此感受。他身上穿得極其破爛，像是隨便往他骨瘦如柴的身上亂套一通就成了似的。他緊抓著掃帚的兩隻手好像枯骨上套著一層皮而已。他真瘦啊，泰莎心想，好像都可以——她的思緒在這裏頓住，因為她不喜歡迸現在她腦子裏的那一個詞。但那一個詞卻還是自有門路，硬是鑽進了她的腦子，她渾身一陣觳觫，不寒而慄。沒錯，他幾乎像是透明的，她心裏想，而且，一想到這裏，心頭就一陣怖懼；這幾個字這時候在她，有新的討厭含意。

兩人面對面站著，隔著一層無始無終，無法以分秒作計算。接下來，泰莎聽到自己嘴裏發出尖叫。她腦中有意念一閃而過，她知道眼前的這人影身上為什麼會怪怪的了，為什麼會那麼討厭了——她原先在樓上覺得這人少了一點東西，但又看不出來是什麼，這下子她知道了。小路滿佈月光，但這人沒有影子。才注意到這一件恐怖的怪事，她也馬上發現自己可以穿過這人影，隱約看到牆上隨風拂動的常春藤。就在這時，她腦子裏忽然思緒翻騰，告訴她眼前這東西不屬於人間，也不是來自天上。一想通就嚇得她張口驚叫，瞬息間，小路上只剩她一人，驚惶萬狀，孤身一人。那東西站的地方空無一物，只有月光和地上淺淺的一層落葉。

泰莎不記得她是怎麼回到屋裏的。下一件她記得的事，就是看到自己站在門廳裏面，渾身虛軟，喘不過氣來，還不住低聲啜泣。就在她快走過樓梯口時，看到頭頂上有亮光，一時還以為又有怪東西要嚇她了。但那只是芬奇太太走下樓來，身上穿著睡袍，手上拿著蠟燭，很突兀但看了讓人安心。

「是妳啊，泰莎小姐，」芬奇太太的語氣像是鬆了一口氣。她把手上的蠟燭放低一點，湊近不住啜泣的少女端詳。「唉呀，什麼事？喔，泰莎小姐，泰莎小姐！妳該不會到外面去了吧？啊？」

泰莎還沒止住哭，哽咽不出，講話十分勉強。

「我看到──我看到……」

芬奇太太快步從樓梯上走下來，伸出一隻手臂攬住渾身發抖的泰莎。

「噓，孩子，好孩子！我知道妳看到什麼。妳根本不應該出去的啊。我也看到過，一次──也只一次，謝天謝地。」

「那是什麼啊？」泰莎語不成聲。

「這妳別管，孩子，妳別怕。現在沒事了。他不是衝著妳來的。他要的是夫人。妳沒什麼好怕的，泰莎小姐。妳看見他時，他在哪裏？」

「靠近小路尾端那裏，靠近馬廄大門那邊。」

芬奇太太雙手掩面。

「喔，可憐的夫人！──可憐的夫人！她的時間愈來愈短了！大限就要到了！」

「我受不了了！」泰莎輕啜泣，但又自打嘴吧，緊緊抓住芬奇太太的手問，「妳一定要跟我講清楚，沒弄清楚我睡不著。妳要把什麼事都跟我說清楚。」

「妳到我房間來吧，孩子，我幫妳泡茶。我看就兩個都喝一杯吧。但妳還是不要知道的好。起碼今天晚上不要知道，泰莎小姐──今晚不要。」

「我不知道不行，」泰莎細聲說道，「不知道沒辦法安心。」

管家房間壁爐柵後的餘火未熄，因為芬奇太太上床就寢也才不過幾分鐘。黃銅水壺也還有熱水，不出幾分鐘，茶就泡好了。泰莎小啜一口，感覺到勇氣又回到了體內四下流竄，馬上朝芬奇太太看過去，以眼神詢問。

「泰莎小姐，」老管家說了，「若跟妳說清楚妳心情會好一點的話，那我就說。但妳可別讓夫人知道我跟妳說。」

泰莎頭一點，作出她要的承諾。

「妳應該不知道吧，」芬奇太太用低低的聲音開始說了，「為什麼只要有乞丐來家裏面，不管該不該給，夫人一定給一點施捨。這裏面的緣故，就跟我要跟妳講的這件事有關。勒蓋特夫人以前不是這樣的──她是直到十五年前才變成這樣的。

「她那時年紀已經很大了，但依那年紀手腳還是很靈便，很愛自己做園藝的活兒。那年秋天，一天下午，她正在園子裏剪晚開的玫瑰，僕人門口來了一個乞丐。又累又病，好久沒吃，他那樣子——唉呀，妳自己看過了嘛。他那人是個壞胚子，這我們後來知道了，但那時我覺得他好可憐，我才想要瞞著夫人偷偷給他一點東西吃，勒蓋特夫人就來了，『妳在幹嘛？』她說。

「他跟我訴苦，說他找不到工作做。」

「『工作！』夫人說，『你哪裏是要工作——你只是要人施捨。你若要有東西吃，』她說，『那你就得先工作才行。喏，掃帚在那裏』，她說，『你看這路上掉的都是葉子。你就從那一頭掃過來，等掃到底了，就可以來見我。』

「唔，他就拿起掃帚，但幾分鐘之後，我就聽到勒蓋特夫人大叫，所以趕快衝出去。那個人就躺在小路那一頭的地上，他才剛開始掃地，卻撐不住倒了下來。我不知道那時候他已經快要死了，但他是快要死了，而他盯著勒蓋特夫人看的眼神，我永遠不會忘記。

「『等我掃到了路底的時候，』他說，『我就會找夫人啊，然後我們兩個一起共進大餐。等我到時，妳可千萬要準備好被我帶著走喲！』這是他死前說的話。他由教堂出面安葬，勒蓋特夫人因為這一件事整個人變了個樣，吩咐大家一有乞丐到家裏來，就要給一點施捨，還不准要人家做一丁點兒事。

「但下一年秋天來時，樹上的葉子開始往下掉，那人就回來了。他開始掃地，就從路頂開始掃起，約莫就是他死掉的那地方。我們都聽過他掃地的聲音，大部份人也都見過。一年、一年過去，他每年都會回來用他的掃帚掃地，聲音刷刷刷的很吵，但地上的葉子動也不動。不過，他每年都會往前推進一點，往路底推進一點。等他哪一天掃到了路底時——唉，我寧願不要當夫人，她的錢全給我也不要。」

三天過後，就在晚餐開動之前，那個掃地的人影掃完了。也就是說，若有人真的相信芬奇太太所言的話。

家裏有幾個僕人都聽到有人打開了僕人出入的那一扇門，大夥兒衝出去時，有兩人看到門開了，但沒看到一絲人影。勒蓋特夫人那時已經在客廳裏了，不過，泰莎還在樓上，更衣準備用晚餐。芬奇太太正好有事情，走進客廳要跟夫人說，她的尖叫驚動全屋，大家心裏也清楚出了什麼事。泰莎是在剛要下樓時聽到尖叫聲，三兩下衝進客廳。

勒蓋特夫人就坐在她最愛的那一張椅子上，上身挺直，雙眼圓睜，但已經沒有氣息。而她那一雙眼睛的神情，泰莎不敢去看。

泰莎把眼光從那一雙滿是驚恐、認出對方、定定不動的眼睛拉回來，就看到地毯上有東西，馬上彎下腰撿起來。

那是一片小小的黃色葉子，潮潮的，皺皺的，破破的，若不是她有過那經驗，加上芬奇太太說的事，一時間，她很可能會奇怪這一片葉子怎麼會跑進客廳裏來。她一陣戰慄，手一鬆，任葉子飄落，因為，這一片葉子看起來像是先被馬廄掃帚的樺樹枝子掃起來過，然後才掉下來。

The Signalman

信號手

查爾斯・狄更斯
Charles Dickens

8

查爾斯・狄更斯 Charles John Huffman Dickens

一八一二年生於朴資茅斯（Portsmouth），是家中八個孩子的老二。父親在海軍出納部門工作，家境清寒。後來搬到查坦（Chatham），五年後再遷居倫敦，他的父親就在倫敦因欠債而入獄，由母親以當老師維持生計，狄更斯則到一家鞋油工廠做工。

狄更斯的父親獲釋出獄後，狄更斯重新復學，進入漢普斯泰德（Hampstead）一家私校就讀，畢業後在一家律師行工作，後來轉行在國會當記者。

狄更斯第一部文學作品於一八三三年發表於《月刊雜誌》（*Monthly Magazine*），也在一八三六至三七年間寫下他第一部小說，《皮克威克外傳》（*The Posthumous papers of the Pickwick Club*）。

狄更斯於一八三六年娶凱瑟琳・霍加斯（Catherine Hogarth）為妻，生了十個孩子。不過，這一段婚姻未盡如人意，終至於一八五八年和妻子分居，也開始和女伶愛倫・泰南（Ellen Ternan）交往。

一八五八年狄更斯開始公開朗讀他的作品，開創另一財源，到了一八六七年因財務日益窘迫，轉赴美國作巡迴朗讀。翌年，又再於英格蘭、蘇格蘭作巡迴朗讀。雖然朗讀的收入頗豐，但卻耗盡了狄更斯的元氣，終致於一八七〇年過世。

狄更斯的小說創作很多，大部份到現在都還膾炙人口。最著名者有如《尼古拉斯・尼克貝》（*Nicholas Nickleby*）、《小氣財神》（*A Christmas Carol*）、《塊肉餘生錄》（*David Copperfield*）、《孤雛淚》（*Oliver Twist*）、《遠大前程》（*Great Expectations*）。

「唷嗬！那邊哪！」

聽到有人這樣叫他時，他正站在崗亭門口，手上拿著根旗子，旗面捲在短短的旗桿上。依地勢來看，應該沒人以為他搞不清楚那叫聲是從哪來的；但他卻沒抬頭朝我這邊看——我正站在他頭頂的陡峭崖頂——反而轉個半圈，沿著鐵軌看過去。他出現這樣的動作，看起來實在很怪，只是，你打死我我也說不清楚是哪裏怪。但我知道那種怪有辦法惹得人注意；而他的身形縮得很短，蓋在陰影裏，在深深的谷地下面。我呢，在他頭頂高處，全身罩在火紅的落日烈焰中，還得伸手搭在眼前才看得到他。

「唷嗬！那邊哪！」

他從看著鐵軌的方向再轉回來，而且，抬起了頭，看到位在高處的我。

「有路可以讓我下去跟你講講話嗎？」

他抬眼看著我，沒回答，我也朝下看著他，沒再把我問的無聊問題再問上一次，不想要催他回話。就在這時，地面和空氣隱隱傳來震動，這震動旋即變成猛烈的跳動，接著一股氣流衝過來，我馬上朝後退，像有一股力量把我猛地推開。疾駛而來的火車帶起氣流，飄到我所在的高處，等氣流掠過我，沿著地表飄散之後，我再朝下看去，看到他正在把火車經過時要搖的旗子捲好。

我把先前問的話再喊一遍。他頓了一下，定定的像是在打量我，然後，他用他手裏捲好的旗子，朝我這裏的一個地方比了一下，約莫在兩、三百碼外。我再朝下面跟他喊道「好！」，就朝那地方走去。到了那裏，繞了一圈仔細看了看，就找到一道很崎嶇的小徑，彎彎曲曲朝下走，是鑿出來的，我便順著小徑往下走。

這一處路基真的很深，而且陡得不得了。是從陰濕的岩層裏鑿出來的，愈往下走就愈黏、愈濕。也因此，這一條路還真是長，讓我有時間回想他先前把這一條小路指給我看時臉上那一副猶疑或說是勉強的奇怪神態。

我沿著彎彎曲曲的小路往下走到又看得到他時，就看到他正站在剛才那一列火車才剛開過去的鐵軌中央，一副就等著我報到的模樣。他的左手搭在下巴，左手肘靠在橫伸在胸前的右手上面。那神色除了等，也帶有戒心，所以我略停一下，有一點不解。

我再往下走，踏上鋪設鐵軌的地面，朝他走近，看出他那人曬得很黑，神色憔悴，留著深色鬍鬚，兩道眉毛相當粗。他的崗亭是我見過最孤單、最無聊的一處。兩邊都是崎嶇不平、水滴瀝瀝的山壁巍峨矗立，只留下一線青天在頂上，其他一概都被擋掉。從一頭遠望過去，就只是這一處奇大的地牢般的地景，蜿蜒延伸過去；從另一頭遠望的距離比較短，停在朦朧的紅燈那邊，紅燈再過去，就是更朦朧的一團黑：隧道的入口；隧道粗重的構造，給人野蠻、滯悶、險惡的感覺。這地方陽光不太照得進來，四下都是嗆鼻的土腥味，鑽進來的野風倒是很強，吹得我全身一陣寒顫，像是剛脫離凡塵俗世跑到另一世界。

他一直沒動，到後來，我和他的距離已經很近了，一伸手就碰得到他。這時，他往後退了一步，舉起一隻手來，但兩隻眼睛還是牢牢盯在我身上。

待在這樣的崗亭真寂寞（我說），我從上面那邊往下看時，忍不住特別注意這地方。這裏很少有客人來吧？我看也是，但還不算討厭的客人吧？但願如此。他在我身上只看到一個半生都禁錮在狹隘生活裏的人，終於獲得自由，對這些偉大的工程又重燃起了興趣。我跟他講話時，就是在打這主意；只是，我對自己嘴裏講出來的話，一點把握也沒有，因為，除了我不擅長作開場白之外，這人身上有種感覺讓人望而生畏。

他先朝隧道入口附近的紅燈看過去，眼神怪怪的，再在紅燈周圍打量一下，像是那裏少了什麼東西。之後，才再朝我看過來。

那紅燈也歸他管嗎？是啊？

他開口用很低的聲音回答，「你不知道啊？」

我端詳他盯著我看的眼睛和陰鬱的臉，腦子裏閃過恐怖的念頭：這人是鬼，不是人。我心裏也在猜，他腦子是不是感染有病啊。

接下來輪到我往後退一步。但在我往後退時，卻看到他眼睛浮現一絲恐懼。這下子把我腦子裏的恐懼一掃而空。

「你看我那樣子，」我擠出笑來，「好像很怕我。」

「我只是在想，」他回答，「我以前是不是見過你？」

「在哪裏？」

他伸手指向他剛才盯著看的紅燈。

「那邊？」我問。

他的眼睛還是盯著我看，作出（無聲的）回答，「對。」

「欸，我跑到那裏幹嘛？不過，話雖這麼說，我真的沒去過那裏，你可以放心。」

「我想是吧，」他回答我，「是吧；看來應該沒錯。」

他的態度隨之明朗起來，我也是。我說什麼他馬上就有回應，而且措辭也很得體。他在這裏的工作很重嗎？沒錯，這是說，他在這裏的責任很重；做事要精確、隨時隨地提高警覺，是他一定要有的條件。至於實際的活兒麼——動手要做的活兒——就跟沒有差不多。換號誌，維護燈號，不時再轉一下這根鐵桿，就全是他放在腦子裏要做的事而已。至於，在我看來總覺得過得好慢、好寂寞的這些時間，他只說他例行的工作自然而然就把日常的生活變成這樣，他也早就習慣了。像他在這裏，就自己學會一種外語——若說認得字，自己胡亂摸索發音，也叫作學會外語的話。他自己學分數、小數，也做一點代數；但他從小開始對數字一直就不在行。那他當班時就一定要一直待在又窄又潮的谷地裏面？他就從沒朝這兩邊高聳的石牆往上爬去曬一曬太陽的嗎？呃，那要看時間，看情況。有些情況，線上的火車是會比較少，一天裏也有時段火車比較少。風和日麗的時候，他是會挑時候，稍微擺脫一下下面的陰影。不過，由於隨時隨地他的電鈴可能都會叫他，這時候，聽電鈴有沒有響就備加緊張了。也因此，這樣的調劑，也沒我想的有那麼大的效用。

他帶我到他的崗亭去看一看，崗亭裏有壁爐可以生火，有辦公桌放著他要作紀錄的工作日誌，一具電報機，撥號盤、面板、指針什麼的都有，另外就是他先前說到的那一具小鈴了。我敢說，說他教育程度還真不錯，他應該不會見怪，而且（但願我這樣說不會太唐突），在這小站上可能還是大材小用；他自己不也看到那些有一點突兀的東西嗎，這在大部份男人身上都不太容易找得到的。這樣的話，他在工廠應該也聽過，警察那邊也是，就連走投無路的人才會去的地方也是，軍隊那邊也是；他也知道在鐵路員工，絕大部份多少也是如此。他以前年輕的時候是讀自然哲學的，在大學裏上過課（看我要不要信；那時我可是坐在他那小屋子裏的——但實在很難讓人相信）；只是心變野了，浪費大好機會，結果一路直往下坡走，始終沒再爬上去過。他對這也沒什麼好抱怨的。到底，他淪落到這情況是自作自受，再要重頭來過也太遲了。

我在這裏作扼要歸納的話，他說得都很平靜，沉重、幽暗的眼神在我和壁爐的火苗之間來回飄移。他不時會插進來這兩個字，「先生」，尤其是講到他年輕時——像是在求我了解，他本來就是我看到的這樣子。有好幾次那小鈴響了，打斷他的話，他就得趕快過去讀電報、作回覆。有一次，他還站起來到門外揮旗子，讓火車開過去，也和火車司機說了幾句話。看他做事的樣子，我發現他那人精確、警覺得很，話就算才講出一個音節也馬上可以打斷，沒把事情做完不會再開口接下去。

總之，我是該把這一位劃歸為這一類職務最保險的人選。只不過，他在跟我講話時，有過兩次忽然頓住，神色一懍，轉頭去看那個小鈴，但小鈴根本沒響；他還打開小屋的門（他一直會把門關好，擋下有害健康的濕氣），朝隧道口附近的紅燈張望。那兩次，他回來坐進壁爐邊的位子時，神色都十分古怪，跟先前我們還隔得很遠時我就感覺到的一樣，沒辦法解釋。

等我站起來要走時，我說，「聽你說話，還真會覺得你這人很能隨遇而安呢。」（只怕我在這裏也必須承認，我說這話有要哄他再多講一點的意思。）

「我想以前是吧，」他回答，聲音很低，跟他剛開始講話時一樣。「但我有事情很苦惱，先生，我有事情很苦惱。」

這些話他大可不用說的。但他還是說了，我馬上接口。

「什麼事？你在苦惱什麼？」

「很難講清楚，先生。真的很難啟齒。您若願意再來一趟，我會想辦法跟您說。」

「我當然樂意再來看你一次。你是什麼時候方便？」

「我早上一大早下班，明晚十點上班，先生。」

「那我十一點的時候過來。」

他向我道謝，送我走到門外。「我會拿我的白燈替你照路，」他又特地壓低聲音說，「直到你沿路爬上去為止。找到路後，別喊我！爬到了頂端，還是別喊我！」

看他那樣子，我只覺得他那裏的寒意更重了，但我沒多說話，「那好！」

「您明天晚上下來時，一樣別喊我！但您走前我有問題想要請教，您今天晚上怎麼會對著我喊『唷嗬！那邊哪！』？」

「天知道！」我說，「我這樣喊是要——」

「別管您要怎樣，先生。只管您喊的那幾個字。這幾個字我聽過。」

「其實就只有這幾個字可以喊啊。我喊這幾個字當然是因為看到你在下面。」

「沒別的原因？」

「還會有什麼別的原因？」

「你不覺得這幾個字像是用什麼靈異的方式傳到你的腦子裏的？」

「不會。」

他跟我道了晚安，舉高他手上的燈。我走在下行鐵軌這邊（心頭很忐忑，生怕有火車從後面開來），直到找到小路。往上比往下要好走得多，我一路順利回到我的小屋。

第二天晚上，我準時赴約，一腳踩上那一條彎彎曲曲的小路的槽口時，遠處傳來鐘聲，敲了十一響。他就站在谷底等我，白燈已經點上。

「我一直沒出聲，」我們見面後我說。「現在可以講話了嗎？」

「當然可以，先生。」

「那就先說晚安，哪，握個手吧。」

「晚安，先生，來握手吧。」

我們就肩並肩朝他的小屋走過去，進了屋內，關上屋門，在壁爐的火邊坐了下來。

「我已經打定主意了，先生，」我們一就座，他就傾身朝我靠近開口說，聲音只比耳語略高一點，「不讓您再問一遍我在苦惱什麼事情。昨天傍晚我把您看成別人了。就是這件事讓我苦惱。」

「把我當成別人？」

「不是。那個別人。」

「他是誰啊？」

「我不知道。」

「很像我？」

「我不知道。我一直沒看到他的臉。他都是左手臂擋在臉的前面，右手臂一直揮——拼命揮。像這樣。」

我的眼睛跟著他的動作移動，他揮手揮得很急、很猛，「天哪！快讓開！」

「有一天晚上，有月亮，」那人說道，「我就坐在這裏，聽到有人在喊，『唷嗬！那邊哪！』我嚇了一跳，從門口看出去，就看到有一個人站在隧道口附近的紅燈那裏在揮手，就跟我剛才做給你看的動作一樣。那聲音喊得都啞了，一直在喊『小心！小心！』，後來又喊『唷嗬！那邊哪！小心！』，我趕忙拿起燈，轉成紅色，就朝那人跑過去，嘴裏也喊『什麼事？出了什麼事？在哪裏？』，那人就站在黑黑的隧道口旁邊。我都跑到他跟前了，但他的手臂還是擋在眼睛前面，我心裏覺得奇怪。我直朝他衝過去，伸手才要把他的手拉開，他就不見了！」

「跑進隧道裏去了嗎？」我說。

「沒有。我馬上跑進隧道裏去，跑了有五百碼那麼長，停下來，把燈舉在頭上，看到牆上標示距離的數字，看到牆上往下流的水漬，從隧道頂往下滴的水滴。我又馬上朝外面跑，跑得比先前往內跑還要更快（因為那地方我討厭得要死），我拿著自己的紅燈在隧道的紅燈那一帶四下找過一遍，還沿著鐵梯爬到上面的坑道去找，再下來後就跑回這裏來。我給兩頭都發了電報。「收到警報。出了什麼事嗎？」，回覆來了，兩邊都是「一切安好。」」

我覺得有冷冰冰的指尖沿著我的脊柱在爬，我亟力壓下那感覺，跟他說那人影可能只是他眼睛的錯覺；說這樣的人影是因為掌管眼睛功能的脆弱神經染上疾病，才會有的。大家都知道，染上這種病的病人常常會有這樣的情況，有的人由於知道他們染上的病是怎樣的狀況，還會自己作實驗，證明這樣的說法。「至於你想出來的叫聲，」我說，「你聽一聽，我們講話的聲音這麼低，天然的山谷裏又有怎樣的野風。你聽那野風吹得纜線彎成什麼樣子，不就知道了。」

我們兩個坐著聽風聲聽了一會兒後，他回答說，是這樣子吧；這裏的野風和纜線會怎樣，他應該清楚——到底他在這裏度過的漫長冬夜那麼多，一個人，聽的都是風聲。但他還是沒辦法此作罷，要我讓他說完。

我就請他再往下說，他就慢慢加了這一段話，還伸手輕輕碰了我的手臂一下——

「那人出現後不到六個小時，這一條線就出了那件大車禍，不到十個小時，死傷的人一個個從隧道裏搬出來，就放在那人站的地方。」

我只覺得渾身一陣寒顫，很難過，但我用盡力氣把它給壓了下去。無可否認，我回答他，這樣的巧合是很特別，還在心裏拿捏講話的分寸，想把話印在他心坎上。但這麼特別的巧合一再出現，也一樣無可置疑；在談這樣的題材時，這樣的情況一定也要考慮到。但我又加了一句（因為，我覺得他好像要反駁我的說法），雖然我也不得不承認，一般有常識的人不會把巧合放進生活日常的考量裏。

他還是沒辦法作罷，要我讓他說完。

我也再次向他道歉，為我忍不住又打斷了他。

「這一件事，」他說時又把手搭在我的手臂上面，怔忡的眼神往身側飄去，「是一年多前的事了。過了六、七個月後，車禍的震駭我才剛剛擺脫，有一天清早，天剛亮，我站在門口看日出，就又看到那個人影了。」他頓了一下，眼神定定盯著我看。

「它喊了什麼嗎？」

「沒有，它沒出聲。」

「有揮手嗎？」

「沒有。它靠在燈柱上面，兩隻手都蓋在臉上。像這樣。」

我又再去看他的動作。那是哀悼的動作。我在墓碑的石雕上面看過。

「你有走到他那邊去嗎？」

「我進屋裏來坐了一會兒，一來是鎮定一下心情，一來是覺得快要昏倒了。等我再回到外邊，太陽已經爬到了我的頭頂，那個鬼影也不見了。」

「那後來有出事嗎？在這之後有出事嗎？」

他伸出食指輕碰我的手臂，碰了兩或三次，每次都輕按一下，按得我毛骨悚然。

「就在那一天，火車從隧道裏出來，我注意到靠我這邊有一扇車廂窗戶，裏面像是有好幾隻手臂、好幾個頭，一團混亂，也看到像是有東西在揮動。我看到時還來得及揮旗子要司機停車！他馬上關掉開關，踩煞車，但火車還是再往前走了約一百五十碼才全停下來。我朝火車跑過去，一路跑，一路聽到有人尖叫，有人在喊。有一個很漂亮的年輕小姐就在那時死在火車的包廂裏面。她的屍體就是扛到這裏來放的，就在我們中間的這一塊地板上。」

他伸手指向一塊地板，我朝那塊地板看過去，不由自主就把我坐的椅子往後一推。

「真的，先生。事情就是這樣，千真萬確，我是一五一十跟您講的。」

我想不出話來回答，也不知道答了有什麼用，只覺得嘴巴很乾。屋外的野風和纜線像是也把這故事聽進去了，發出哀悽的長嘯。

他再接下去說。「先生，您就再聽一聽這事，由這來判斷我有多苦惱吧。那鬼影一週後又回來了。在那之後它一直留在這裏，三不五時會出現，一下有、一下沒有的。」

「在燈那邊？」

「那危險的燈號那邊。」

「它要幹什麼？」

他又做出「天哪！快讓開！」的動作，而且看來好像揮得更急，更用力。

他接著再說，「我片刻不得安寧，沒有辦法休息。它會喊我，一喊就好幾分鐘，樣子很痛苦，『喏嗬！那邊哪！小心！小心！』站在那裏朝我揮手，搖響我的小鈴——」

我馬上轉向小鈴。「昨晚我在這裏時，它就搖過小鈴？所以你才跑到門邊去？」

「兩次。」

「唉呀，你看你，」我說，「你的想像力真害慘了你。我那時眼睛就看著鈴，耳朵也沒閒著，應該是聽得到鈴聲的。而我那時又不是死人，所以我跟你說，你的鈴那兩次根本沒響過。沒有，其他時候它也絕對沒響，除了你們站務通訊透過具體存在的東西，以自然的程序跟你聯絡時它會響，此外都不會響的。」

他一搖頭，「這一件事我從來還沒弄錯過，先生。那個鬼影搖的鈴聲和人搖的鈴聲，我從來不會混在一起。那個鬼影搖的鈴聲，是鈴會出現很奇怪的震動，而且，不是什麼東西弄出來的震動，我也不會說鈴的震動是看得到的。您聽不到我不覺得奇怪，但我真的聽得到。」

「那麼，那個鬼影在你跑到門口看時，在嗎？」

「在。」

「兩次都在？」

他把這幾個字重講一遍，語氣十分堅定：「兩次都在。」

「那你可不可以跟我到門邊看它現在在不在？」

他咬住下唇，像是不太情願，但終究還是站了起來。我打開門，站在門階，他則站在門口。那邊是那危險燈號。再那邊是陰森的隧道入口。兩側是很高、潮濕的石壁，夾在路基的兩邊。石壁頂上是點點星斗。

「你看見它了？」我發現他臉上神色很怪，就問他一句。他的雙眼睜得斗大，定定盯著那邊看，不過，真要跟我自己往那裏看過去時的眼神來比，可能還差一點。

「沒有，」他回答，「它沒在那裏。」

「是嘛，」我說。

我們回小屋裏去，關上門，坐回椅內。我才在想要好好把我這邊的優勢再往上拉——若我還可以說有優勢的話——他就又再回到這話題來，而且是稀鬆平常的神氣，好像我們兩個對事實根本就沒有一點歧見。這時，我也發現自己好像反而落居下風。

「到現在您應該已經很清楚了，先生，」他說，「我會這麼苦惱的事，其實是這問題：那鬼影到底是什麼意思？」

我也不敢說我真的知道，我作了回答。

「它是在警告我什麼？」他說，一副沉思的表情，兩眼看著爐火，偶爾才會轉向我這邊來。「到底是有什麼危險？會在哪裏？這一條線上不知哪裏就是隨時會有危險。會有大難。以前有過那樣的事，這已經第三次了，沒什麼好懷疑的。但這樣的事纏著我不去，真的好苦。你說我能怎樣呢？」

他掏出手帕，擦掉發燙額頭上的汗珠。

「我若真發電報說有危險，朝一邊發，或兩邊都發，又給不出個理由，」他再用手帕擦掌心。「那樣，我一定會有麻煩，沒一點好處。他們會覺得我這人瘋了。你看，真要發就是這樣——電文：『危險！小心！』覆文：『怎樣的危險？哪裏？』電文：『不知道。只能拜託你們千萬小心！』他們一定會把我換掉。不然他們還能怎樣？」

他那心裏掙扎的痛苦，看了真是好可憐。是有良心的人內心莫大的折磨，為了外人難以領會、人命關天的責任而苦惱到難以承受的折磨。

「它第一次站在危險燈號那邊時，」他再往下說，還伸手把頭上的黑髮往後攏，雙手掠過太陽穴朝外劃過去，神色極其焦燥、苦惱，「若真要出事的話，為什麼不跟我說哪裏會出事呢？若擋得下來，為什麼不跟我說要怎麼擋下來呢？它第二次出現時，是用手蓋住臉，但它為什麼不直接跟我說，『她會死，別讓她出門』呢？它若前兩次出現，為的只是要讓我知道它的警告是真的，好要我對第三次有心理準備，那它為什麼不跟我講明白就好了呢？唉，天哪，拜託！我只一個是倒楣的信號手，一個人待在四下無人的小崗亭裏啊！它為什麼不去找別人會相信的人、有權力做什麼的人？」

當我看到他成了這一副模樣，就知道為了這可憐人著想，為了大眾安全著想，在那節骨眼上，我能做的就是要鎮定他的心神。也因此，我把我們中間所有關於真、假的問題都先拋開，我跟他說，不管是誰要扛他這樣的職責，真的是非要做好不可，但他現在起碼可以放心，因為，他知道他的職責是什麼，只是不知道那個教他不知如何是好的鬼影是怎麼回事而已。這一招的效果，比起跟他講道理、勸他不要信這樣的事，要好得太多。他是鎮定了下來；而他這崗亭該處理的雜務隨著夜色降臨愈來愈重，需要他多費神，我便在凌晨兩點的時候跟他告辭。我跟他說我一整晚都留在他那裏也無妨，但他不肯聽。

我在沿著小路往上爬時，不只一次回頭去看那紅燈，而且，我看那紅燈時，心裏就

有不祥的感覺，我的床若就在那下面，我準睡不好；這些，我也都看不出來有理由要隱瞞各位。連著出了那兩件事，還死了一個年輕女孩，我一樣有不祥的感覺。這，我也一樣看不出來有理由瞞著各位。

但那時，我腦子裏的思緒轉得最多的，還是在想：既然知道了這樣的事，我應該怎麼處理才好呢？我已經確定這人聰明、機警，做事賣力、精確；只是，不知道他這樣的狀況還能維持多久？雖然他那職位算是下層的，但託付的責任可是極其重大；所以，我（舉例罷了），可還願意拿性命去賭他始終可以把事情做得這麼精確不出錯？

由於覺得若不先跟他把話說明白、商量出折衷之道，就逕行把他跟我說的事去跟他公司的上司報告，這樣的作法類似背叛，心裏始終放不下，所以，我後來便決定（目前就先替他保守祕密吧），我們兩個先打聽一下那一帶最好的醫生是誰，由我陪他去聽一聽那醫生的看法。他跟我說過，隔天晚上他的值班時間會改，天亮一、兩小時後下班，天黑時上班。我也已經跟他約好到時候再去找他。

第二天傍晚，天氣很好，我早早就出門享受好天氣。我走過深谷山頂附近的野地小路時，太陽還沒全下山。我在心裏想，我就多散步一小時好了，半小時去，半小時回，到時候再到信號手的崗亭去也來得及。

我在上路前，先走到山頂的邊上，從我第一次看到他的地點，依老習慣往下看。那時候我那一陣毛骨悚然真是難以形容，因為，我看到一個男人的身影，左手擋在眼睛前面，拼命在揮他的右手。

那沒辦法形容的恐懼，只抓住我一下子就過去了，因為，下一刻，我就看出來，這男人的身影是真人，他身邊還有一群男的，就站在他附近，而他像是在對他們練習他所做的動作似的。危險的燈號還沒亮。緊挨著燈柱有一座小小的矮棚子，先前我從沒見過，是用木棍和油布搭的，看起來沒比一張床大。

我心頭忽然有很強烈的感覺壓不下去，覺得事情不太對勁——心頭閃過自責，擔心我留那人自己在那裏，恐怕是要命的大錯了，那樣就沒人可以盯著他做事情或糾正他做錯的事——我馬上沿著山壁鑿出來的小路往下走，能走多快就走多快。

「什麼事啊？」我問那些男子。

「信號手今天早上死了，先生。」

「崗亭裏的那一個嗎？」

「沒錯，先生。」

「我認得的那一個？」

「您若認得他，先生，那您看了應該就知道，」那一群男子裏發言的那人，放下遮在臉上的手，神態肅穆，掀起油布的一角，「因為他的臉都還是好的。」

「喔，怎麼會出這樣的事？」我問他們，一個看過一個。油布又蓋了起來。

「他被火車撞了。全英格蘭就屬他最懂他幹的這一行。但他好像搞不清楚外軌的狀況。大白天的啊。他打亮燈，拿在手上。火車出隧道時，他竟然背對著火車，就這樣被火車撞上了。開火車的人正在跟我們講事情經過。你跟這位先生說說吧，湯姆。」

那人穿了一件黑色的粗布衣服，退回他原先在隧道口的位置。

「火車才過隧道的彎道，」他說，「我就看到他站在隧道頭的那一邊，那感覺像是用透視鏡在看他。那時，已經沒時間去檢查速度，我也知道他那人向來都很小心的。但他好像就是沒聽到汽笛，我把汽笛關掉，在火車朝他衝過去時，拼命對著他喊。」

「你喊些什麼？」

「我喊，『那邊哪！小心！小心！天哪！快讓開！』」

我嚇了一跳。

「啊，那時候真可怕！先生！我一直喊他，始終沒停。我嚇得伸手擋在眼前不敢看，只用另一隻朝他揮，沒停下來過，但沒用啊。」

在此不再多說這一則故事裏的其他怪事，但我要在結語裏指出這件事裏的巧合，不只是火車司機朝他喊的話，不只是那個不幸的信號手跟我說纏著他不去的那些話，也還有我自己——而不是他——加在他所模仿那動作的那些話，那些話，只在我的腦子裏出現過。

國家圖書館出版品預行編目資料

奇賓鬼劇場：坎特維爾幽靈 / 愛倫坡、羅伯・路易・史蒂文森等人著；查爾斯・奇賓繪圖, 編選; 宋偉航譯 -- 初版. -- 臺北市：遠流, 2008.06

面； 公分 --（文學館；E0212）

譯自：Charles Keeping's Book of Classic Ghost Stories

ISBN 978-957-32-6322-7(平裝)

873.57　　97009314

文學館COSMOS E0212

奇賓鬼劇場：坎特維爾幽靈

原書名：Charles Keeping's Book of Classic Ghost Stories

繪圖・編選：查爾斯・奇賓（Charles Keeping）
作　者：愛倫坡、羅伯・路易・史蒂文森等人
譯　者：宋偉航
副總編輯：吳家恆
責任編輯：翁裕庭
封面設計：丘銳致

發行人：王榮文
出版發行：遠流出版事業股份有限公司
地　址：臺北市100南昌路二段81號6樓
電　話：（02）2392-6899
傳　真：（02）2392-6658
郵　撥：0189456-1

著作權顧問：蕭雄淋律師
法律顧問：王秀哲律師・董安丹律師
2008年6月1日 初版一刷
行政院新聞局局版臺業字第1295號
定價◎新台幣280元

ISBN 978-957-32-6322-7
遠流博識網http://www.ylib.com
E-mail:ylib@ylib.com